베스트 셀러 〈악어새〉의 작가가 전하는

지혜로 뚫어야 할 삶의 길, 그 아포리즘

절대 희망, 절대 성공

이재인 지음

해피&북스

지혜로 뚫어야 할 삶의 길, 그 아포리즘

절대희망, 절대성공

초판1쇄 2019년 3월 23일

지은이 | 이재인
펴낸이 | 채주희
펴낸곳 | 해피&북스

등록번호 | 제-10-1562호 (1985.10.29)
등록주소 | 경기도 고양시 동구 사리현동 779-2
전화 | 031-962-8008
팩스 | 031-962-8889
메일 | elman1985@hanmail.net
ISBN 978-89-5515-650-8

값 13,800 원

베스트 셀러 〈악어새〉의 작가가 전하는

지혜로 뚫어야 할 삶의 길, 그 아포리즘

절대 희망, 절대 성공

이재인 지음

해피&북스

머리말

삶의 여정에서 성취하는데
나한테 필요한 농기구와 같은글

이 책은 1년간 한 페이지씩 읽을 수 있는 금과옥조 같은 말들의 향연이다. 묵상이라 하여도 좋고 성찰의 시편이라 하여도 좋다.

이 책은 사람으로서 절대적으로 가져야할 희망 달성의 마음가짐이기도하다. 사람의 마음속에는 순수, 그리고 진실과 열정과 사랑이 존재한다. 이 4대요소가 절대적으로 맞물려 있어야만 삶의 수레바퀴가 돌아갈 수가 있다. 그러므로 성공적인 궤도, 승리의 월계관을 획득 할 수 있게하는 처방들이다. 평범한 것 같으면서도 가슴을 치는 촌철살인의 가르침도, 한동안 곰곰 생각해보아야만 풀 수 있는 경구도 있다.

이 책은 창업하려고 스스로 다짐하든가, 무엇을 시작하려는 사람에게. 또는 시작한 사람에게 절대로 필요한 농기구 같은 글이다.

1부의 것들은 하루에 한 구절을 묵상하도록 꾸며져있다. 그리고 2부는 아름다운 삶의 교훈이 될 사례가 예시되어 있다. 미래를 불안해하는 사람에게 용기와 격려가 되는 글들이다.

모두가 어려운 시대, 정말 책이 읽히지 않는 시대에 독립운동하는 마음가짐으로 용단을 내어 출판해 주신 이규종 대표와 수고하신 편집진에게도 머리 숙여 정중히 감사드린다. 아울러 삽화를 그려주신 분들께도 고마움을 표한다.

2019. 새봄

초롱산 기슭에서

지은이 이재인

차례

Chapter 1. 행복에 이르는 길

Chapter 2. 희망을 주는 메시지

Chapter 3. 사랑에 이르는 길

Chapter 4. 믿음에 이르는 길

Chapter 5. 묵상에 도달하는 길

Chapter 6. 성공에 도달하는 길

Chapter 7. 지혜를 발견하는 길

Chapter 8. 사람의 향기를

I 본문 삽화

화가 (늘빛) 심응섭 교수

화가 (만취) 김용복 교수

화가 (아리랑) 두시영 시인

Chapter 1

행복에 이르는 길

복은 받는게 아니라 심어야만 거둔다.

새해 첫날 모든 사람은 복 받기를 원한다. 복은 받는 것이 아니라 심는 일이다. 누구를 향하여, 어느 곳에 복을 언제 심는 지를 백 번 이상 생각하고 착수해야 소기의 효과를 거둘 수 있다.

복을 심었다. 하여도 바로 싹을 틔우지 않고 오랜 시간이 흘러야 결과가 오는 것이 있다. 늦게 온다고 심은 곳을 파보는 것은 심지 않은 것만 못하다.

정열은 이성조차도 정복한다. – A 포우프

02

절반의 성공

자기 암시(暗示)를 갖는 자는 벌써 절반의 성공을 거둔 것이다. 그것은 스스로 하겠다는 의지이기 때문이다. 심상사성(心想事成)이란 속담이 있다.

정주영 현대그룹 회장이 했다는 말이 번쩍 떠오른다. "너는 해보기는 해봤어"

연애는 생명의 고양(高揚)이고 정열은 연애의 관(冠)이다 -아메일

03

성심(誠心)으로의 성공

직무라는 일은 손익을 계산하면 덕을 잃고 이웃을 잃고 마침내 나도 잃게 된다.

그 다음에 경계해야 하는 일은 너를 찾는 자에게 허물을 덮어주고 격려하는 것은 견고한 성을 쌓는 일이다.

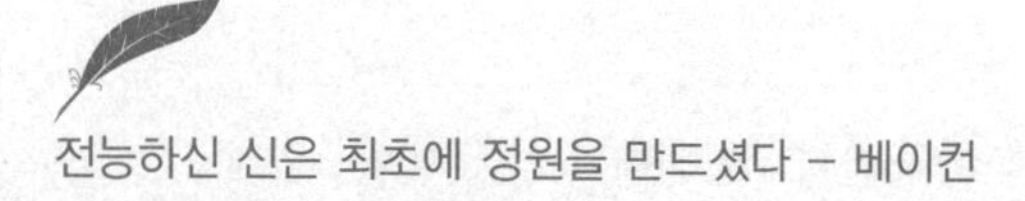

04

게으른 자의 교훈

게으른 자에게 행복이란 한낫 꿈에 지나지 않는다. 그러므로 부지런 함에는 반드시 근신함이 동행하지 않으면 경거 망동한 자가 된다.

자녀의 얼굴에는 가장 아름다운 정원이 있고 자녀의 마음속에는 가장 현명한 책이 들어있다. – 카울지

05

삼신 가운데 제 1은

인간이 세상에 맨 먼저 산모와 아기의 탯줄을 끊어 준 다음 대문 앞에 황토를 왼쪽에 무더기로 놓는다. 부정한 것들의 출입을 억제한다는 민간 신앙이다. 창조주(하늘)와 자연과(산천), 이웃이(인간)이 지키고 있다는 엄중함을 경고하는 증표이다.

그래서 인간은 이 세 개의 주체에 경건을 상징 기호로 삼았다. 예수가 삼일만에 부활신앙도 의미 있는 숫자이다.

의는 나라를 영화롭게 하고 죄는 백성을 욕되게 하느니라 –구약 잠언

접붙이기

나무에 접붙이듯 자기 본체에다 학문과 도덕, 교양, 그리고 이념과 신앙을 두루 접붙여야한다. 그래야만 좋은 마음, 선한 과실이 주렁주렁 열린다.

정의는 사회의 질서이다. – 아리스토텔레스

07

값진 능력

옷차림은 때로 인격으로 보이지만 그렇지 않은 경우도 있다. 굴뚝 청소부나 세멘트공의 복장은 국경을 넘어 기품과 근로를 대변하니 세상에 값진 능력으로 보여진다.

의는 나라를 영화롭게 하고 죄는 백성을 욕되게 하느니라 –구약 잠언

08

사랑과 고뇌

사랑과 고뇌는 아무리 작아도 우주만큼 무게와 넓이를 지녔다.

정의는 사회의 질서이다. – 아리스토텔레스

09

소리없는 언어

어머니 품에 스며있는 젖냄새는 소리없는 언어를 지니고 있다. 그러나 때로는 서러움과 가난과 그리움의 냄새로 다가오는 것은 어머니가 곧 고향이기 때문이다.

정치라는 것은 전쟁 못지 않게 사람을 흥분시키는 것이며, 똑같이 위험하기도 한 것이다. 전쟁에서는 한 번 죽으면 되지만 정치에서는 여러번 희생 당해야 하는 것이 다를 뿐이다. – 처칠

10

가족이 행복의 원천

돈이 없다고 모두가 불행한 것이 아닙니다. 마음에 균형을 잃었기에 불행합니다. 행복하려면 당신은 중심을 잡고 관점으로 가족을 향하십시오. 거기에는 새 둥우리 같이 안온한 당신의 가족들이 있습니다. 가족은 곧 행복의 원천입니다.

정치가는 양의 털을 깎고 정치쟁이는 껍질을 벗긴다. – 오말리

11

앞에는 꿈과 소망이

앞을 바라보는 일은 꿈과 희망을 바라보는 행위입니다. 실패한 사람은 자꾸만 뒤만 돌아봅니다. 비젼이란 앞에 존재하는 실체입니다. 뒤를 바라보다가 목표를 잃어버립니다.

아브람의 조카 롯의 아내가 뒤를 바라보다가 참혹한 소금기둥이 되었다는 사실이 이를 증명합니다.

제복은 사람들에게 안도와 존경을 동시에 준다. - 알랑

성취 저 편에는

원망과 한탄 뒤에는 사람을 구렁텅이로 몰고 가는 마력이 존재한다. 그러므로 자신을 자책하고 세상을 원망하면 눈앞에 강물이 불어 닥친다. 분노와 좌절을 이기는 사람에게 성취는 있습니다.

자기의 현재 조건에 만족하여 사는 사람은 없다. – 호라티우스

우정이란

우정이란 순수한 마음이 발효된 실상입니다. 여기에는 자랑이나 시기도 없는 결정체가 우정입니다. 우정에는 시기와 질투가 없습니다. 세상에 사랑이 제1이고 그리고 충효가 2위 제3은 우정입니다. 송나라 때에 소운경(蘇雲卿)과 장준(張俊)이라는 친구가 있었습니다. 둘이서 공부하던 중 장준이 재상이 되어 소운경 친구한테 우정의 증표인 폐백을 보냈다.

재상이 보낸 물건이기에 거절했습니다. 그는 초막을 짓고 독신으로 살면서 갈모 옷에 짚신 신고 생활하다가 종적을 감추었다 합니다. 아무것도 바라지 않는 게 우정이라 하지만 보는 이의 견해에 따라 비난도 있을 수 있습니다. 비난을 각오하는 일도 일종의 용기입니다.

국가가 조국은 아니다. 그것을 혼동하는 것은 그것에 의해서 돈 버는 무리들 뿐이다. - 롤랑

14

가난과 궁핍이 두렵지 않은 이유?

가난했기에 도배지 바르지 않은 벽, 빈대피가 댓잎처럼 여기저기 그려진 벽, 왕골자리 밑 흙먼지 풀썩거려도 고향은 내 안에 둥지를 튼다.

뚫어진 우물정자 방문 뚫어진 틈새로 가난함도 모르던 순이 냄새도 들어온다. 작은 방안에 귀뚜라미 소리도 정겹다.

왜, 그런고 하였더니 할머니의 사랑과 어머니의 헌신이 있어 가난도 궁핍도 두려워하지 않았다.

잘 태어난다는 것은 바람직한 일이지만, 그 영광은 우리들 선조에게 돌려져야한다. – 플루타아크

비밀하나

내안에는 큰 바위 얼굴같은 친구가 있다. 바위같은 믿음, 등을 쓰다듬는 사랑, 쑥꾹 끓이던 추억, 질긴 내사랑 하나 오늘도 나는 큰바위 같은 비밀하나 가지고 산다.

자유와 평등은 절대로 조화시킬 수 없다. 조화시킨다는 것은 거짓말이다. – 괴테

16

진짜의 사랑

사랑 때문에 열차를 놓치고 나서 걷다가 벌판 하나 가슴에 품었다면 그것은 진짜의 사랑이다.

여성을 존경하라. 여성들은 하늘나라의 장미를 지상의 인생에 엮어 넣는다. – 실러

17

절반은 성공

나의 신부될 사람은 가난했다. 나는 더 가난했다. 둘의 가난은 절제 앞에서 우리의 꿈은 솜방망이처럼 불어갔다. 가난 앞에서도 벅찬 사랑이 있다면 절반은 성공입니다.

물질은 육체를 위하여 육체는 영혼을 위하여 인간은 신을 위하여 존재한다. – 아퀴나스

18

진정한 사랑

진정한 사랑은 가난을 넘어선 것 하나로 충분하다. 모든 사람은 재산을 가지고 하나님께로 갈 수가 없기 때문이다.

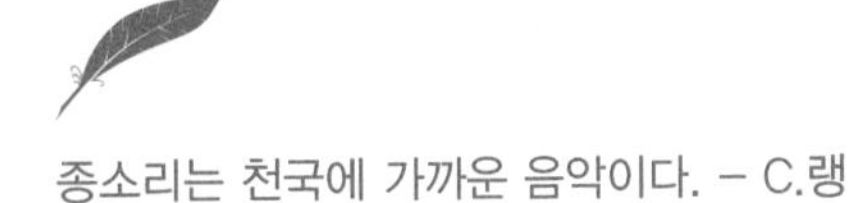

종소리는 천국에 가까운 음악이다. – C.랭

19

형통하는 길

자녀들아, 네가 형통하기를 바란다면 진심으로 네 부모를 공경하라. 공경하기는 100미터 사다리를 타고 올라가는 것보다는 훨씬 쉽다.

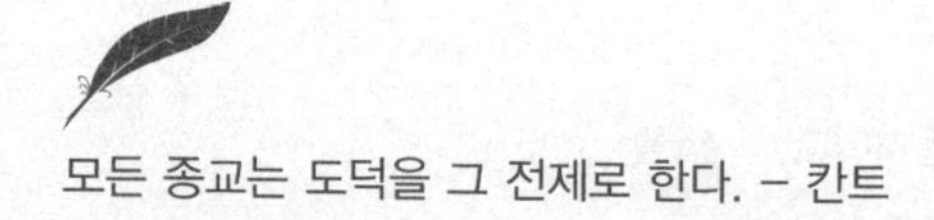

모든 종교는 도덕을 그 전제로 한다. – 칸트

적선의 손길

가난한 사람에게 적선을 베푸는 당신의 손에는 하나님의 형통케하는 비밀, 그 축복이 함께간다.

종교는 생명의 소금이다. – K.힐티

21

자립하는 10가지 계명

1. 환경을 원망하지 않는다.
2. 부모를 탓하지 않는다.
3. 남과 비교하지 않는다.
4. 칭찬에 속지 않는다.
5. 남을 헐뜯는 소리에 귀를 기울이지 않는다.
6. 미워하지 않는다.
7. 자랑하지 않는다.
8. 시기 · 질투하지 않는다.
9. 타인의 그릇된 언행을 보아도 이를 비판하지 않는다.
10. 만족하다 보면 자만에 빠지기 쉽다.

종교가 없는 교육은 오직 현명한 악마를 만드는 데 지나지 않는다. – 웰링턴

Chapter 2

희망을 주는 메시지

22

감사의 샘물

감사는 샘물과 같다. 퍼서 쓰면 또 솟는 물처럼 감사는 흘러서 시내로 간다. 거기에서 다시 강으로, 강에서 바다를 향한다. 이처럼 감사는 시작하면 끝없는 강물 같다.

만일 네 형제가 죄를 범하거든 경계하고, 회개하거든 용서하라 - 구약성서

23

도둑의 어리석음

도둑은 밤이 깊으면 사람이 없다고 착각한다. 달과 별이 떠 있는걸 인지하지 못한다. 그러니까 도둑이다.

죄를 범하는 자마다 죄의 종이라. – 구약성서

행복이 달아나는 이유

행복은 불평과 불만소리를 들으면 이내 소리와 흔적도 없이 달아난다. 행복은 감사로 인하며 쌓여진 탑이기 때문이다.

술과 아름다운 계집은 두 개의 마(魔)의 실이다. 경험을 쌓은 새도 여기에 잘 걸린다. – 뤼케르트

25

진리를 은유로 말하라

때로는 모든 진리를 은유적으로 표현해야한다. 직유로 말함으로 박수를 받으나 그것은 한낮의 반짝 무지개 된다.

아무도 능히 두 주인을 섬기지 못하나니 대개 하나는 미워하고 하나는 사랑하거나 혹 하나는 받들고 하나는 경원하리라. – 마태복음

분노를 삭히면

자상한 설명은 분노를 삭힐 수 있고 서두르게 되면 광채를 발할 수는 있지만 마침내 진리를 놓칠 수 있다.

젊은이의 주저와 망설임은 인류의 실망을 초래한다. – 디즈레일리

내것으로 만들기

타국(他國)의 문화(文化)를 그대로 수용(受容)하면 결국은 그 문화(文化)에 종속된다. 그러나 내것으로 만들어 사용하면 창작이 된다.

죽음을 제외하고는 아무것도 우리 것이라고 부를 수 없다. – 셰익스피어

28

수석을 좋아하는 이유

나이든 사람이 수석(水石)을 좋아하는 게 자신을 닮았기 때문이다. 비, 바람, 파도에 씻기다 보면 인간도 모두가 수석처럼 맹글맹글해진다.

어떠한 일이라도 중간쯤에 행복이 있다. – 영국속담

29

쓰레기가 쓰레기에

중고 가전 제품이 쓰레기차에 실렸다.
쓰레기가 말했다.

– 또 한놈 쓰레기가 왔네
– 까불지 마, 나는 아직 중고로 팔릴 수도 있어 쓰레기가 말했다.
– 쓰레기야 불용품은 금붙이라도 쓰레기는 다 쓰레기다 왕새끼!
쓰레기장에 실려온놈 모두가 자기는 쓰레기가 아니라고 주장한다.

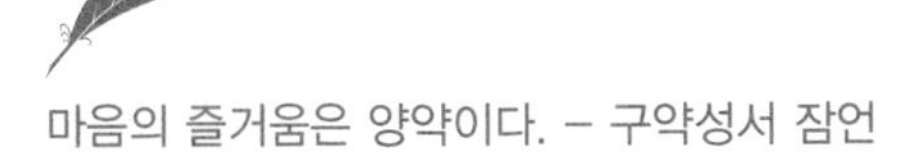
마음의 즐거움은 양약이다. – 구약성서 잠언

30

철학적 사유

이념지향의 문화는 미래가 없고 편의지향의 변절문화는 편리는 있으나 항구성이 없다. 철학적 지향의 국가에는 번영과 더불어 고뇌도 따른다.

증오는 마음속에서 나오고 경멸은 머릿속에서 나온다. - 쇼오펜하우에르

꿈이 그대를 춤추게 할지라도

꿈이 그대를 춤추게 할지라도 내 안의 모든 것이 꿈으로 집합시키지 못하면 결코 이루어질 수 없다.

앎은 생명의 샘이다. – 솔로몬

계획된 질서

늑대별이 나타나면 산짐승이 내려온다. 호랑이는 그것을 신호로 기상한다. 세상 모든 것은 계획된 질서로 이루어져 있다.

이성과 판단력은 지도자가 되는 요소이다. – C.타키루스

생리적 노인

눈물, 웃음, 슬픔, 미소가 없다면 노인이다. 생리적 노인은 그래서 슬픈 일이다.

너희 마음에 지배되면 너희는 왕이고, 육체에 지배되면 노예이다. – 카토

보이지 않는 곳의 청소

보이는 곳을 깨끗이 하면 청소요, 보이지 않는 곳을 가리키는 용어가 대청소

지성을 동반하지 않은 명성과 부는 위험하다. – 데모크리토스

35

머슴의 삼태기

머슴이 놀고 있다면 그 주인도 게으른 자이기 쉽다. 주인이 짚신을 삼으면 머슴도 삼태기라도 짠다.

지성은 식칼이다. – 솔로우

필연적인 만남

우리 젊은 날에는 좋은 스승과 좋은 책과 좋은 친구가 있어야 된다. 그들과의 교제는 나를 지탱해 주는 지주다.

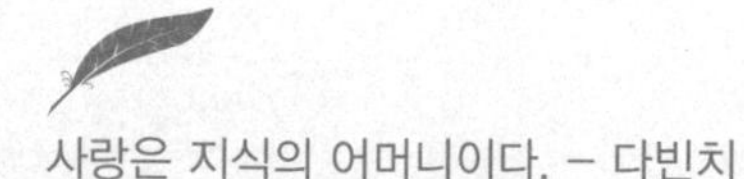

사랑은 지식의 어머니이다. – 다빈치

37

행복한 노인

일하지 않는 노년은 슬픈 일이다. 격려하지 않는 노인은 인색하다. 그러나 책속에 광맥을 찾는 노인은 행복하다.

지식은 돈과 칼 같은 것이다. – 러스킨

38

당연지사

진리는 어둠 속에서 찾는다. 금 · 은 · 동 · 철도 어둠 속에서 캔다. 어려움 속에서 길을 찾는 것이야말로 당연한 일이다.

높은 자리는 매양 위태한 법이다. 사람의 눈에 뜨이는 자리는 사람의 질투가 모이는 자리이다. – 이광수

39

승전고는 어느 때에

승리의 깃발과 승전고는 맨 끝에서 이루어진다.

부드럽게 말하고 큰 지팡이를 가지고 다녀라. 그러면 멀리갈 수 있다. – 루우스 벨트

40

좋은 관계

좋은 관계는 누가 만들어 주는게 아니다. 스스로 만들어가는 게 관계다.

가장 지혜로운 자와 가장 어리석은 자는 변하지 않는다. – 공자

41

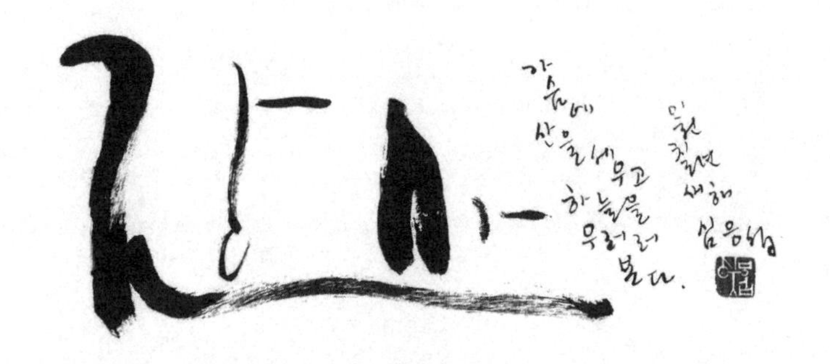

사과 속에 든 주인의 기도

희망과 성취는 남모르는 고통의 열매이다. 손 끝의 사과 열매보다 그 사과 속에 든 주인의 기원을 들을 수가 있어야만 승리할 수 있다.

세상에는 비천한 직업은 없으며 단지 천민이 있을 뿐이다. – 링컨

Chapter 3

사랑에 이르는 길

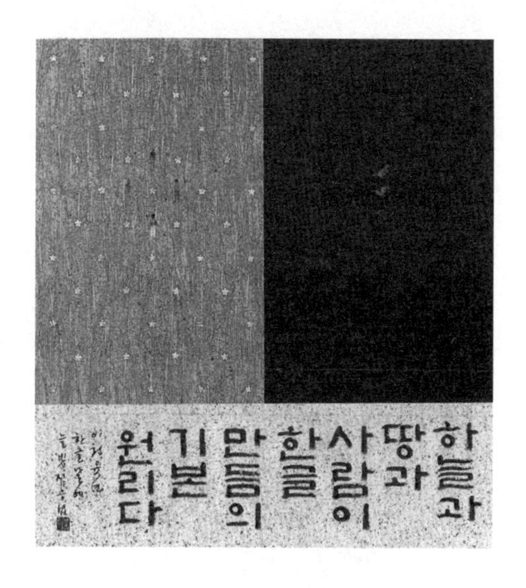

좋은 관계

좋은 관계는 누가 만들어 주는게 아니다. 스스로 만들어가는 게 관계다.

진리와 정의도 우리와 함께 싸운다. – 아리스토 파네스

43

사과 속에 든 주인의 기도

희망과 성취는 남모르는 고통의 열매이다. 손 끝의 사과 열매보다 그 사과 속에 든 주인의 기원을 들을 수가 있어야 승리할 수 있다.

진리는 광선과 같다. 어떤 손으로도 더럽힐 수 없다. – J밀턴

44

그의 실체

하느님과 바람과 꿈은 형체가 없습니다. 그래서 우리는 형체가 없는 그를 믿습니다. 보이지 않는 것은 때로 위로와 행복와 성취를 가져오는 마력도 지니고 있습니다.

네가 진실을 가두고, 땅에 묻어도 그것은 싹이 튼다. – 에밀졸리

45

위만 바라보라

올라가는 사람은 위만 의식을 합니다. 그러나 아래를 내려다보면 반드시 담력을 잃게 됩니다. 모든 일은 앞만 바라보라는 뜻입니다.

질투는 무덤처럼 잔인한 것이다. – 성서

지금 시대는...

과거에는 좋은 학벌로 통하던 시대도 있었지요. 그리고 70년대 80년대 손발의 노력으로 살았지요. 통장에 적립돈 이자로 버티던 시대도 있었지요. 혹여 이것저것 안되면 해외 이민을 떠나기도 했답니다. 지금은 모든게 벼랑끝 아이디어, 거기에서 즉 우리는 창의 시대를 맞았습니다.

그러니까 벤처시대입니다. 벤처는 상상력과 스토리에서 오는데 그것은 그냥 오는 게 아닙니다. 책과 영화, 뮤지컬, 연극 모두가 어우러진 연합체서 오는 것입니다.

여자 없는 집은 이슬없는 초원이다. – 미국속담

47

수학여행

묘안도, 대안도 없을 때에는 3등 완행 열차를 타십시오. 당신의 곁에 앉아 있는 사람들의 모습과 그들의 가벼운 대화가 당신의 길을 열어 줄 수도 있습니다.

여행은 그래서 엄청난 수학여행이라고 합니다.

인간은 한사람 한사람 본다면 영리하고 분별력이 있지만, 집단을 이루면 바로 바보가 된다.

48

결혼

결혼은 그냥 행복을 가져다 주는게 아닙니다. 서로가 서로를 배려하는 일입니다. 살다보면 배려를 잊게 되어 불만을 표출하게 됩니다.

부부는 애초에 다름과 다름의 사람으로 만났으니 하모니가 이루어질 수가 없습니다. 서로 노력해야만 하모니가 이루어질 수 있습니다.

교육은 신사를 창조하고, 독서는 좋은 친구를 창조한다. – 록

49

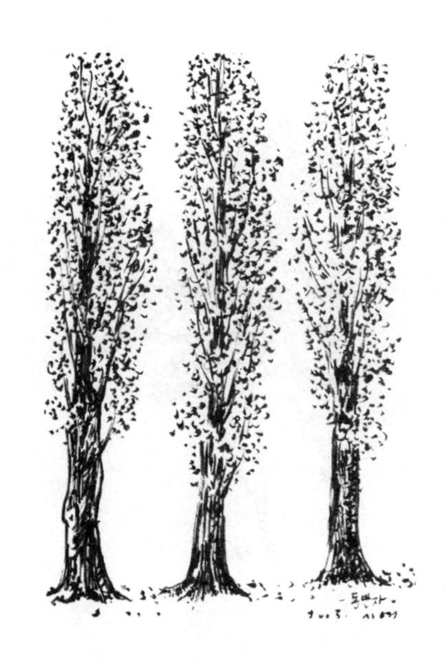

청춘

청춘은 언제나 있는게 아닙니다. 청춘은 꽃피는 시일과 같습니다. 화무십일홍, 그것은 세월이 유한하다는 한탄입니다. 당신은 화무십일홍의 언어에 올라 타십시오. 그게 이기는 일입니다.

책에는 모든 과거의 영혼이 가로 누워 있다. – 카알라일

서로 사랑할 시간

우리 모두는 부정하고 싶지만 죽음의 세계로 향하고 있다는 것은 팩트이다. 그러므로 서로 사랑할 시간이 너무나 적다는 것이다.

가난한 자는 책으로 말미암아 부자가 되고 부자는 책으로 말미암아 존귀해진다. – 고문진보

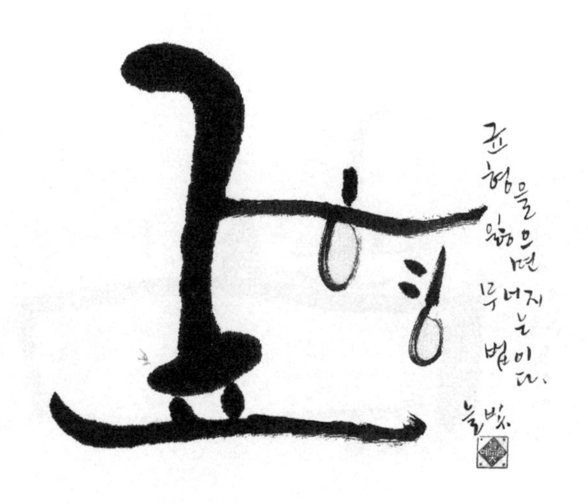

훌륭한 씨앗 심기

십배, 삼십배, 백배의 진정한 수확을 거두려면 씨를 땅에 묻고 거름을 주고 때때로 잡초를 제거하라. 그러나 사람에게 신앙을 심는 것은 그보다 훨씬 많은 수확을 얻을 수 있어 전도가 필요한 것이다.

나는 2년 후를 생각하지 않고 살은 일이 없다. – 나폴레옹

52

청정한 삶

자연보다 훌륭한 교훈은 없다. 받은 것을 되돌려 주되, 변화시킨 것이 진짜로 돌려주는 것입니다. 한경직 목사의 빈손으로 가심으로 숱한 사람들이 그 분의 청정한 삶의 도전을 얻었답니다.

천국에 오르는 사다리는 사람에 대한 사랑이다. – 아리스카레에

절반의 버림

사람은 본래가 시기와 질투를 걸머지고 태어났지만 교회라는 세탁소에 가면 절반은 버리게 되는게 신앙의 본질입니다.

수고하고 무거운 짐진 자들아 다 내게로 오라. 내가 너희를 쉬게 하리라. – 신약성서

54

도둑맞은 행복

행복을 훔쳐가는게 도둑은 아닙니다. 도둑이 바로 이웃입니다. 이웃과 불화하고 가족과 불화하면 재물도, 명예도 신뢰도 다 깨지고 마지막 행복도 도둑맞는 법입니다.

천재는 적어도 두가지를 더 갖지 않으면 안된다. 감사와 순결함이다. – 니체

55

인격의 사살

처절한 배고픔, 참을 수 없는 고통을 겪지 않으면 사람을 동물로 처우하는 나락으로 떨어집니다. 그는 그로하여 재산보다 더 소중한 인격이 사살당하는 것을 모릅니다.

가능한 것만 믿는 것은 신앙이 아니고 철학에 지나지 않는다. – R.브라운

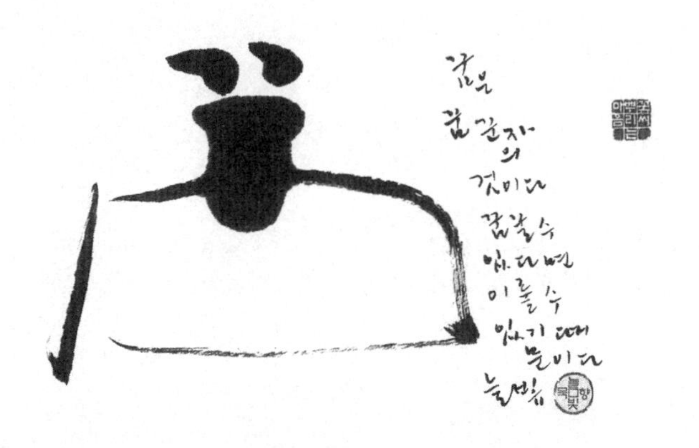

돈과 명예와 행복은 어디에?

돈과 명예와 행복은 평탄한 곳에 존재하는 경우가 드문 일입니다. 그것은 생태적으로 어둡고, 쓸쓸하고 사람이 적게 다니는 길 그 맨 끝에 있습니다.

한 청년을 적당히 훈련하는 공은 성(城) 하나를 취하는 것보다 낫다. – 멜란히튼

Chapter 4

믿음에 이르는 길

57

깐보면 큰일

작다고 깐보지 마라. 겨자씨, 참깨, 가지씨가 작지만 결과는 신의 능력을 증명하고 있다. 이집트와 레바논 사이의 이스라엘은 충청도만한 국토이다. 그들은 신의 능력과 인간의 능력으로 세계를 움직이고 있다. 국토 총 인구가 세계 인구의 0.1%에 해당하는 750만이 살고 있고 첨단무기 영적무기로 석유없이도 세계의 중심이 되고 있다.

청춘은 인생에 단 한 번 밖에 오지 않는다. – 롱 펠로우

도도새의 멸종 원인

인도양 모리셔스라는 섬에 도도새가 살았다. 이 새는 1681년 경에 멸종 되었다고 한다. 멸종 원인 중에 세가지가 있는데 첫째, 유순하고 그 둘째는 적이 없었다는 것이다. 셋째는 날지 못한다는 원인이라 한다. 내게 선의의 적이 없다는 것은 곧 발전적 동기가 퇴화될 수 있다는 점이 눈에 확 들어온다.

행복은 가슴이 간직한 샘이다. - 저자

여성에게 인기있는 청년

말없이 점잖고 키가 후리후리하며 눈동자가 호수같이 깊고 상대방의 하찮은 말에 귀를 기울여 주는 사내에게 우리는 열광한다. 그러나 그에게는 적극적이지 못한 성격이 부족한 경우가 90%이다.

충실한 벗은 인간의 의약이다. – 아포크리파

자기왕국의 성취

고향과 부모로부터 의도적으로 결별하지 않는 한 그는 독수리처럼 강해질 수 없다. 인간도 홀로 설 수 있는 짐승만이 자기 왕국을 가질 수 있다.

인생은 투쟁이며, 과객이 임시로 쉬는 곳 - 아우렐리우스

61

일을 하다 안되면

일을 하다 실패하지 않으려면 미물인 개미의 조직적 시스템을 배우라. 구성원 모두가 개미처럼 일하고 개미처럼 협업하라

펜은 마음의 혀다. – 세르반테스

62

망하지 않으려는 지혜

적당한 비판과 견제가 있어야 균형있는 사회로 발전한다. 여당과 야당이 맞붙어 싸우는 짓은 예술적인 그 언어 '적당히'를 잃었기 때문에 서로가 발목을 잡는다. 이는 필연코 서로가 망하는 통로로 접어들게 된다.

편견은 무지의 자식이다. – 해즐릿

63

기도는 안전모

꿈을 향한 언덕으로 향하는 사람한테는 반드시 뒤에서 가속 페달을 밟아주는 역할이 필요하다. 그것은 바로 기도하는 사람이 필요하다는 말이다. 곧, 기도는 안전모이다.

나를 견고한 성(城)으로 안내했던 도구는 젊은 날의 책이었다. – 저자

테레사 수녀가 말했다.

용서와 감사를 지니고 살면 나의 허물도 용서받고 또한 내가 감사하면 다른이도 나에게 감사하는 계기가 곧 온다.

우리는 오늘도 감사와 용서를 위하여 하늘을 바라본다.

책이 없는 가정은 자녀의 교육을 포기한 가정이다. – 저자

65

향기로운 단어

향기로운 꽃을 사랑하는이한테 선물한다. 언어에도 향기로운 단어가 있다.

사랑, 온유, 겸손, 절제, 기쁨, 행복, 성취, 풍요, 상생, 건강을 말이나 문자로 찍으세요. 받는이 한테는 향기로운 단어로 곧 기뻐한다.

변화에는 주기(週期)가 있다. 그것을 놓치면 실패한다. – 저자

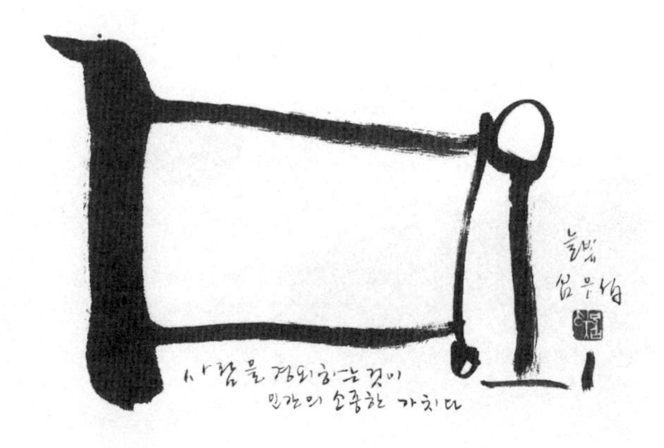

인생길

성공하는 사람도 인생길을 가다보면 때로 고난과 방황에 봉착할 수는 있다. 그러나 그것에 함몰되지 않았기에 그는 마침내 승리할 수가 있었다.

모든 인간은 자기가 신(神)처럼 착각한다. 착각을 깨우는 것이 종교이다. – 저자

67

상상력의 휘발성

상상력을 현실에 적용한다. 상상력이란 현실에 다 실행하지 못하면 그물망을 벗어날수 없는 가능성이 없다.

하나님이 주신 생명은 모두가 공평(公平)하다. 그러나 교회 공동체도 모두가 공평하도록 노력해야한다. – 저자

Chapter 5

묵상에 도달하는 길

다산 정약용의 꿈

화순(和順)으로 집안을 다스리고 근검으로 집안을 다스리며 독서로 내적 충실을 일으키고 정심(正心)으로 집안을 보전하겠다고 했다. 세상이 변화되고 과학이 급진적으로 발전해도 선비의 마음은 예나 지금이나 같다. 정심이란 물처럼 변함이 없다는 것을 느끼게 하는 숭엄한 글귀입니다.

마음이 모이는 곳에 기운이 깃들고 기운과 열정이 모여 일을 이룬다. – 저자

고아한 품격

인격과 품격은 말만으로 가늠되지 않는다. 그 주인집 마당을 보아도 인격과 품격을 가늠할 수 있다.

어디 그것만이랴? 서가에 3,4천 권의 장서도 또한 고결하고 고상한 품격의 거울이다.

마약은 양귀비의 꽃속에만 숨어 있는 것이 아니다. 거짓된 방법으로 자기 행복을 추구하려는 그 모든 것이 바로 마약인 까닭이다. – 이어령

70

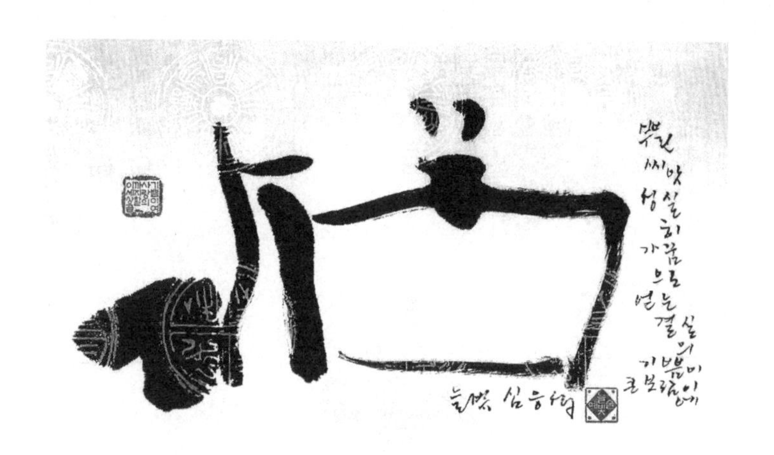

금석맹약

세월이 가도 변질되지 않는 금은이 있습니다. 성현의 말과 글도 맑고 깊어 세월이 가도 철석(鐵石)처럼 변하지 않습니다. 야무지고 찰진 약속을 '금석맹약'이라 합니다.

마음은 사고 팔지는 못하지만, 줄 수 있는 재산이다. – 프로벨로

화이부동(和而不同)

사람의 얼굴과 마음씨가 각기 다르다는 것은 은혜입니다. 자신만의 역량을 각기 경주하여 마침내 '화이부동'을 만들어 냅니다.

행복한 생활이란 마음의 평화에서만 성립될 수 있다. 그래서 종교는 평화의 샘이라 한다. – 저자

72

꽃밭에서 비단을 보려면

꽃밭의 꽃은 어느 날 갑자기 피어나지 않습니다. 비옥하고 건강한 토양환경을 만들어 주어야 반드시 알록달록, 영롱한 비단을 펼치게 됩니다.

마음은 천연의 부이다. – 소크라테스

73

기이한 어리석음

좋은 글을 쓰려고 입을 악다문다고 되는게 아니다. 많은 책을 읽고 써봐야하고 많은 생각을 자꾸자꾸 해야만 솟아나는게 또한 글이다. 독서 없는 창작이란 고약한 냄새를 지닌 가죽나무에서 기이한 향기를 구하려는 어리석음이다.

참된 욕구없이 참된 만족은 없다. – 볼테에르

해체주의가 못하는 것

포스트모더니즘으로 정복이 안되는 것은 진실과 사랑이다. 이 두가지는 대공지정(大公至正)이기 때문이다. 해체주의도 대공지정 앞, 여기에서는 멈추게 된다.

사소한 것으로 만족하지 않는 자는 바라던 것을 얻게 되어도 역시 만족하지 않는 것이다. – 아이에르바흐

75

정치 경고

원래 정치라고 하는 말은 바르게 말하고, 바르게 다스리는 것을 말합니다. 하지만 개인의 이익을 앞세워 파당짓고 비난하는 습속이 고질화되어 국민이 배척하는 눈빛을 보지 못하는 자들이 오직 정치인이다. 이들이 공정하게 말하고 공정하게 다스릴 때 나라의 미래도 있다.

말은 한 사람의 입으로 나오지만 천 사람의 귀로 들어간다. – 미상

76

즐거움의 뿌리가 있다니

다산 정약용은 '괴로움은 즐거움의 뿌리' 라고 말씀하셨다. 그렇다 오늘의 괴로움과 고통이 뿌리가 되고, 다리가 되니 저 깊은 강물 위를 걸을 수 있다는 믿음이 샘솟는다. 서로가 서로를 닿게하여 준다면 세상은 살만한 일이다.

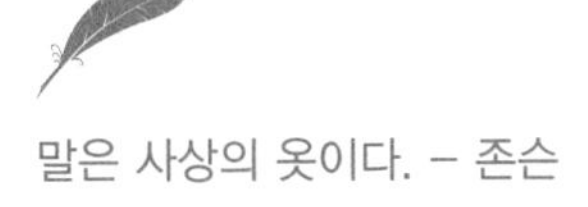

말은 사상의 옷이다. – 존슨

77

지혜로운 사람

지혜로운 사람은 자연의 조짐으로 세상 이치를 터득한다. 긍정과 비젼을 가진 사람은 양대 산맥을 겨드랑에 끼고 있다.

힘센 매는 발톱을 감춘다. – 린자

악은 뿌리를 잘라야

사람의 작은 거짓이 일만 악의 뿌리가 된다. 개미 구멍이 둑을 무너뜨림과 같을지니 애초에 작은 악이라도 뿌리를 잘라야만 한다.

어차피 여자의 매력은 절반이 속임수이다. – 윌리엄즈

79

두 개의 시험

인간이 두 개의 시험을 이길 수 있다면 현명한 사람이다. 칭찬에 속지 않는 이와 미녀의 유혹에 넘어가지 않는다면 정치를 맡겨 볼만하다. 남의 아내를 겁탈한 놈에게 청렴하다고 해도 그 놈은 좋아한다. 정치를 못한 사람에게도 칭찬해 보라.

혀쪽은 맹세하지만, 마음은 맹세하지 않는다. – 에 우리페레스

교수형에 매달린 교만

세상 일을 다 까발리면 안된다. 그러나 세상에 가장 경계해야 할 일이 교만한 사람이다. 교만하면 자기 돈을 쓰면서도 욕을 먹게 된다. 임금과 어버이 앞에서 거들먹거리면 그는 쌓아놓은 성(城)을 허물게 된다. 성이 허물어지게 되면 곧바로 적장과 더불어 교만한 놈부터 교수형에 처하게 되는게 서양에서 자행했던 관례이다.

시바의 여왕이 솔로몬의 명성을 들었을 때 그녀는 어려운 문제를 가지고 그를 시험해 보았다. – 성경

현자의 경계

다산 선생을 비롯한 현자들이 공통적으로 미워하는 것이 불성실함이었다. 그 가운데에 하나님께 근실하지 못함을 경계했다. 무슨 실수를 하더라도 근실하면 허물이 덮혀지게 된다.

옷은 새 것 일 때, 명예는 젊어서부터 소중히 해라. – 푸쉬킨

세치 혀를

사람이 주변에 사람이 없다고 혼자서 욕하고, 저주한다. 그것도 모자라 닥치는 대로 헐뜯고 저주하면서 나무란다. 그러나 하늘이 듣고 풀과 나무가 듣고 땅이 들었기에 그 화가 멀지 않아 자신에게 덮어씌우게 마련이다. 그래도 좋다면 혀를 닥치는 대로 놀릴 일이다.

아들에게는 비평보다 본보기가 필요하다. – 쥬벨

83

강도에게 희망

오늘의 도둑놈한테도 깨끗한 회심이 있다면 내일부터는 실크로드로 갈 수가 있다. 보라, 예수 십자가 옆에 매달렸던 강도에게도 회심으로 엄연한 승리가 있었다.

훌륭한 목수는 죽은 나무에 두 번 째의 목숨을 준다. – 이어령

Chapter 6

성공에 도달하는 길

사람의 필수적인 일

장애자에게만 도움이 필요한 것이 아니다. 인간 모두는 서로가 부축하게 되어 있는 글자가 사람인(人) 자이다.

나의 몰락은 누구의 탓도 아니다. 나 자신의 탓이다. – 나폴레옹

85

첫단추

올바른 오늘의 출발이 내일 내게 무슨 일이 일어나면서, 어떤 업적을 쌓게 되는가를 결정한다. 올바른 출발은 곧 첫 단추를 끼우는 일과 같은 원리이다.

운명이 무기로 지켜진다고 생각하지마라. 자기 자신의 무기로 싸워라. 운명은 결코 무기를 부여하지 않는다. – 포세이도니오스

86

모두가 승리자

성공한다는 논리보다 승리한다는 말이 훨씬 부드럽다. '승리'라는 용어는 최선과 공정한 게임을 담보하는 계율 때문이다. 그러므로 우리는 모두가 최선을 다하면 승리자이다.

백절불굴의 고기만이 시냇물을 거슬러 올라갈 수 있다. – 무어

묘비가 없어도

묘비가 없어도 사람이 관 뚜껑을 덮어씌우게 되면 저, 인간이 무엇을 위해 살았고 젊은이한테 무슨 교훈을 주었으며 어른을 얼마나 공경했던가. 돈과 권력 앞에 얼마나 비굴하게 살아왔던가, 그 종합평가가 사람의 입질로 금석(金石)에 또렷하게 표기된다.

생선과 손님은 사흘이면 냄새가 난다. – 릴리

내 입의 인도자는 언어

내 입의 바른 언어가 곧 나를 승리의 길로 인도한다. 그게 언어의 마력이다. 함부로 지껄이는 일은 경계해야 할 죄악이다.

미란 말 없는 사기이다. – 테오프라스토스

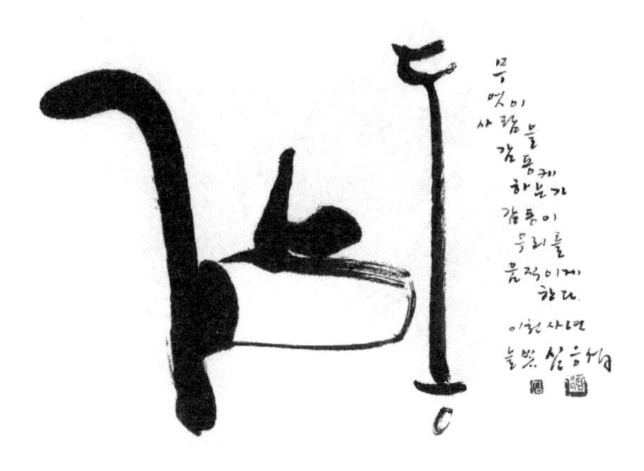

칭찬 속에는 교만의 칼도 들어있다.

칭찬이 달콤하나 그 속에는 교만이라는 칼도 함께 숨어있다. 겸손으로 새겨 변화시키면 들으면 칼은 휘발성으로 변한다.

악수와 미소는 단순하고 불성실하다. – 엘리어트

옳지 못한 훈장

바르지 못한 일을 감당한 사람에게도 훈장은 주어지는 일이 있다. 그것은 전쟁 속에서나 있을 법한 일이다. 대체로 공정하지 못한 공직자가 훈장을 받는 경우가 요즘은 자주 자주 있다니 기막힌 일이다. 분명 그들은 여야 싸워서 얼만큼의 전과를 올렸던가...

지나친 사랑은 미움으로 변하기 쉽다. – 플루타크 영웅전

91

축복의 씨앗

선(善)이란 보이지 않는데에서 행하는 삶의 방식이다. 그 속에 하나님의 축복의 밀알이 들어있다.

바다는 메워도 사람의 욕심은 못 메운다. – 한국속담

절망의 씨앗

염려는 근심으로 이어지고 근심은 절망의 가교를 타고 죽음의 길로 인도한다.

담장에는 귀가 있고, 복병은 옆에 있다. – 관자

연설은 사랑과 공경을 담아

사랑과 공경의 신호가 없는 연설은 공허하다. 그러므로 연설이란 나를 낮추고 상대방을 배려하는 태도가 없이 설득은 불가능하다.

가장 고귀한 복수는 관용이다. – 보온

94

등장할 때는 솔직히

등장할 때 박수 받는 것보다 내려올 때 갈채를 받는 것이 훨씬 좋다. 그러므로 대중을 속이지 말고 솔직하게 말하여 기대감을 허무는 일이 선행해야 한다. 대체로 정치인들은 등장 박수에 속기 쉽다.

부는 온갖 범죄를 감싸는 외투이다. – 메난드로스

95

입의 내재적 가치

입이란 바퀴달린 자동차이다. 그러므로 입을 통제하면 닫힌 문도 열린다. 입의 내재적 가치는 무한하다.

비석은 썩지 않는 시체이다. – 이어령

도서관의 역할

도서관 역할이 탱크가 하지 못하는 일을 감당한다는 사실에 우리는 놀란다.

새 옷을 요구하는 모든 사업을 주의하라. – 소로우

97

밤을 깔 때마다

창칼을 들고 껍질을 깔 때마다 저 하늘의 주인께서도 내 육신의 껍질을 창칼로 벗겨내는 것 같아 나는 숨죽이면서 과거를 살피지 않을 수가 없다.

색깔은 모든 말을 한다. – J애드슨

Chapter 7

지혜를 발견하는 길

정치

정치는 예측 못하는 바다 속 같다. 언제 어떻게 풍랑을 일으킬 것인지 아무도 모른다. 그래서 정친인에게는 마음 속에로 빈 배 하나쯤 소지하는 길이 만약에 살 길이다.

행복한 사람은 시계에 관심이 없다.

삽겹줄

믿을 수 있는 신념과 흔들 수 있는 깃발이 있다면 그게 신앙의 요소로 구성돼 있어야 한다. 그래야만 무엇이든지 묶을수 있는 끈이 된다.

관능은 영혼의 무덤이다. – 챠닝

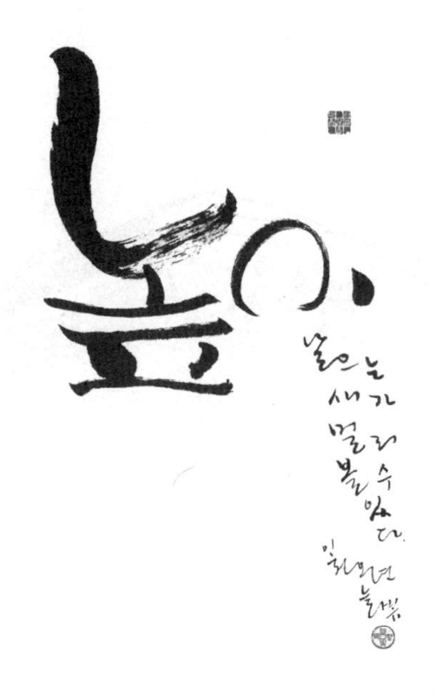

신념

세상에 넘지 못할 산도 없고 건너지 못할 바다도 없다. 다만 그 앞에서 신념이 없어 주저하기 때문에 두렵고 떨리고 무섭다.

인간 사이에서 소문보다 빠른 것은 없다. – 부루터스

착한 학생 앞에

착한 학생 앞에 못된 선생 없고 씨앗 없이 거둘 수확은 세상에 없다.

마음이 순수한 자는 하나님을 볼 것이다. – 마태복음

102

젊은 사자

그대가 젊은 사자라는 것을 모두가 안다. 정작 자신만 모르고 있기에 오늘도 그대는 응달에서 떨고 있다.

시간이야 말로 최대의 개혁자이다. – 베이컨

103

소나무 숲에는

소나무 숲에 들어서면 가야금 선율처럼 귀가 맑아진다. 세월의 앙금이 묻은 탓인지 강강하고 소슬한 음계가 느껴지네.

청춘은 인생에 단 한 번 밖에 오지 않는다. - 롱 펠로우

104

노년에도

시렁위에 매달린 씨알 옥수수처럼 팔순 나이에 꿈을 가지고 있기에 아롱다롱 오늘도 즐겁다네.

어려운 상황일수록 침착하라. 성급함에는 반드시 오류가 포함되어 있다. – 니시다 기타로

봉숭아씨처럼

아름다운 병어리장갑 한 벌, 다섯 형제가 한곳에 모여 봉숭아 씨앗처럼 꿈을 담아봅니다.

사소한 일에 행복을 잃지 말라. 화가 나 있는 1분 마다그대는 60초간의 행복을 잃는다.

106

연민어린 거지

거지는 가난해서 불쌍한게 아닙니다. 인격을 무시당하는 슬픔 때문에 불쌍합니다. 인격을 세우는 것은 그것은 국민을 세우는 일입니다.

행복을 결심하라. 인간은 자신이 행복하려고 스스로 결심하는 만큼만 행복할 수 있다.

107

은행이 뭔데?

은행이 은행인 것은 땀이 쌓이고 쌓인 돈 저장소이다. 할머니가 부자인 것도 왕두꺼비 같은 손자들 때문이다. 줄지어 누워 있는 다손다손 보기만 해도 행복하다. 왕골밭에 뜸부기가 홀로 우는 것은 자손없다 함이러라

인생은 하나의 실험이다.

메기수염

메기에게도 수염이 으뜸이듯 인간은 양심이 수염이다. 양귀비가 하양으로 피어난 것도 순결을 으뜸이라는 연유이다. 저 산에서 목이 쉬도록 뻐꾸기 동의하듯 진종일 외친다.

고개 숙이지 마십시오. 세상을 똑바로 정면으로 바라보십시오. – 헬렌 켈러

109

은가락지를 풀어야

한돈쭝의 은가락지를 풀어서 초라한 이웃에게 줄 수 있다면 전봇대보다도 더 높은 고루거각에 그대 이름이 새겨지리니...

고난의 시기에 동요하지 않는 것, 이것은 진정 칭찬받을 만한 뛰어난 인물의 증거다. – 베토벤

110

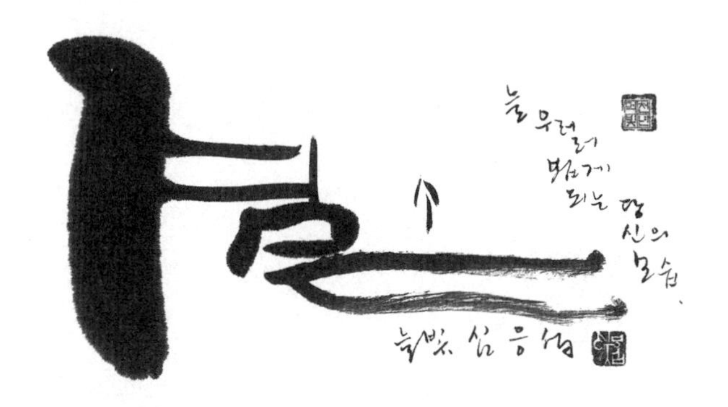

남산만큼 높은 자존심

시골 간이역 앞의 낮은 점방처럼 구겨진 인생. 쌀 두말 걸인에게 주고 났더니 남산만큼 높아진 그대 자존심이 부럽구나.

만족할 줄 아는 사람은 진정한 부자이고, 탐욕스러운 사람은 진실로 가난한 사람이다. – 솔론

111

믿음 이후의 출발

신은 벽보다 두꺼운 믿음이다. 그러므로 믿음으로 성을 쌓은 다음 흰 양귀비꽃 같은 양심으로 나설사람이 정치인이라...

성공해서 만족하는 것은 아니다. 만족하고 있었기 때문에 성공한 것이다. – 알랭

구도자

남자의 수염과 욕망은 살아 있는한 오늘도 자란다. 그러므로 욕망을 면도질하는 인간을 우리는 구도자라고 한다.

단순하게 살라. 쓸데없는 절차와 일 때문에 얼마나 복잡한 삶을 살아가는가? - 이드리스 샤흐

113

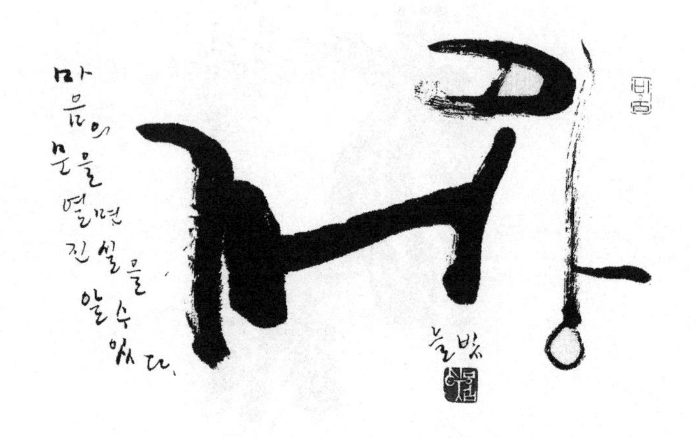

파도의 직업

파도가 쉬지 않는다는 것은 노고를 먹고사는 직무이기 때문이라.

삶이 있는 한 희망은 있다 -키케로

114

천국행 티켓

꽃과 사랑과 영혼이 보인다면 집을 팔아서 오늘 천국행 티켓을 사겠다.

산다는것 그것은 치열한 전투이다. –로망로랑

115

山과 간신

산은 넉넉해서 산이고 간신은 양심의 간을 팔아먹어서 간신이라 일컫는다.

하루에 3시간을 걸으면 7년 후에 지구를 한바퀴 돌 수 있다. -사무엘존슨

116

바른 정부의 자세

정부란 모름지기 산(山)처럼 백성을 품어주고 바다처럼 모든 것을 수용해야 하는 법, 그러나 바른 정부는 권력의 칼을 쥔 것처럼 정치인한테 휘둘리다 내려오게 되는 것을 명심해야 할것이다.

언제나 현재에 집중할수 있다면 행복할 것이다. -파울로 코엘료

좋은 열매의 조건

좋은 농산물은 씨앗이 좋아야 하고 그것이 옥토가 되도록 가꾸어야 하고 햇빛과 물과 바람이 지나가게 해야 되는 것. 이것을 모르고 잘되기를 바라다 큰 도적놈이 된다.

진정으로 웃으려면 고통을 참아야하며 , 나아가 고통을 즐길 줄 알아야 해 -찰리 채플린

원두막이 좋은 이유

원두막이 허술해도 좋다는 느낌은 아래와 위를 바라볼 수 있는 가운데 처해 있기 때문이다. 위를 바라볼 수 있고 아래를 살필 수 있는 것을 우리는 여유라고 한다.

직업에서 행복을 찾아라. 아니면 행복이 무엇인지 절대 모를 것이다 –엘버트 허버드

119

돈을 바라보는 자세

돈뭉치는 혼자서 바라볼 때가 좋다.

신은 용기있는 자를 결코 버리지 않는다 -켄러

추태

돈을 타인과 함께 보다가는 추태를 불러온다 그게 돈이다.

행복의 문이 하나 닫히면 다른 문이 열린다 그러나 우리는 종종 닫힌 문을 멍하니 바라보다가 우리를 향해 열린 문을 보지 못하게 된다 – 헬렌켈러

121

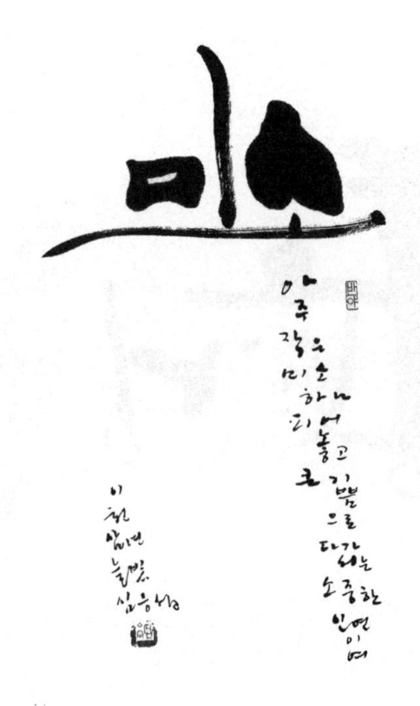

성공의 디딤돌

실패는 성공의 디딤돌입니다. 그러므로 실패했더라도 성공으로 통과하는 지점을 지났으니 디딤돌은 구축했다는 말입니다.

피할수 없으면 즐겨라 – 로버트 엘리엇

122

상업의 기본 수칙

눈이오나 비가오나 장사꾼은 자리를 지켜야한다. 그리고 팔고 있는 상품의 품질을 제대로 파악해야 한다. 이모의 떡도 싸야만 산다.

먼저 자신을 비웃어라. 다른 사람이 당신을 비웃기 전에 – 엘사 맥스웰

123

선포가 곧 절반의 성공이다.

에이브람 링컨은 어린시절 위대한 지도자가 되겠다고 선포했다. 21세기 빌게이츠도 10대시절 각 가정에 컴퓨터 한 대씩 구입할 것을 스스로 선포했다. 선포는 85%의 확률이다. 선포는 습관이 되어야만 한다.

먼저핀 꽃은 먼저 진다. 남보다 먼저 공을 세우려고 조급히 서둘것이 아니다 – 채근담

Chapter 8

사람의 향기를

무엇 때문에 사는가?

십대는 친구 때문에 즐겁고 이십대는 낭만으로 세상을 산다. 그러나 삼십대는 가정 때문에 살아간다. 사십이 되면 부모 때문에 고달프더라도 살 수 밖에 없는게 인생이다.

행복한 삶을 살기위해 필요한 것은 거의 없다. -마르쿠스 아우렐리우스

125

정치와 도박

정치와 도박에는 공통점이 있다. 하루 아침에 감옥에도 갈 수 있고 눈먼 돈으로 인생을 그르치기 때문이다. 그러므로 정치가와 도박꾼은 요행을 꿈꾸는 것으로 일맥 상통한다.

절대 어제를 후회하지 마라. 인생은 오늘의 나 안에 있고 내일은 스스로 만드는 것이다 – 론허바드

126

아비와 아들의 처신

아비를 노엽게 하는 것도 죄악이면 또한 자식을 나무라는 것도 큰 허물이다. 그러니 속으로 우는 자를 우리는 속도 모르고 벙어리로 치부한다.

어리석은 자는 멀리서 행복을 찾고, 현명한 자는 자신의 발치에서 행복을 키워간다 -제임스 오펜하임

127

안되면 혁명군을

내안의 보수는 혁신을 거부하지만 좋지 못한 게으름, 흡연, 마약이 도사리고 있을 수 있다. 그것은 변화로서는 안된다. 혁신을 안되면 내 안의 혁명군이라도 불러와야 한다.

모든 인생은 실험이다 . 더많이 실험할수록 더나아진다– 랄프 에머슨

훌륭한 범인

인간의 마음속에는 익숙한 끈이 존재한다. 단지 그것을 인지하지 못할 뿐이다. 술, 도박, 마약, 여자, 명예, 권세, 탐욕 등이 있다. 나는 어느 것에도 익숙한 것이 없다면 그는 아주 훌륭한 범인(凡人)이다.

한번의 실패와 영원한 실패를 혼동하지 마라 –스콧 핏제랄드

129

성공의 조건

성공한 사람들에게 세가지 공통점이 있다. 첫째가 자신과의 처절한 싸움이고 둘째는 시간과의 싸움이었고 마지막으로 잠과 싸움이었다. 세상 사람들은 이를 모르고 성공의 열매만 바라보는 경우가 있다. 나는 그 어느 쪽인가?

130

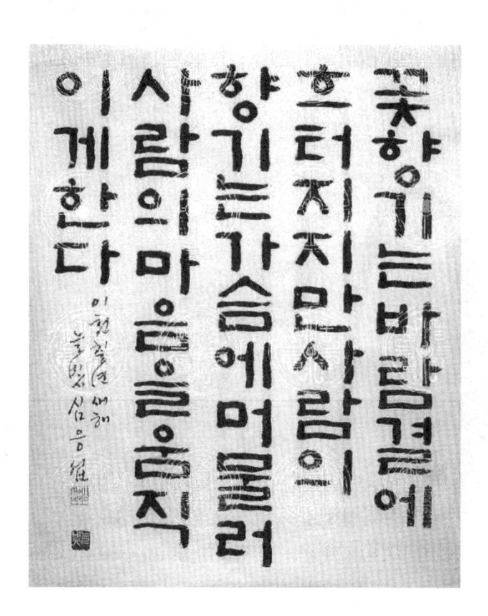

정치적 악마

정치는 물같아야 한다는게 정설이다. 그러나 궤도를 이탈하면서 선동하고 모략한다. 기도하지 않으면 불손한 음모가 수염처럼 날마다 자란다. 이 탈을 방지하는 유일한 길은 멀리에서 정치를 바라보는 일이다.

계단을 밟아야 계단 위에 올라설수 있다 –터키속담

131

종교인의 불법적 국경침범

성찰과 기도없는 종교인은 망한 자신이다. 사랑없는 학교는 건물과 함께 곰팡이를 머금고 사라지게 돼 있다.

오랫동안 꿈을 그리는 사람은 마침내 그 꿈을 닮아 간다. –앙드레 말로

선한 일꾼

종교의식에 먹는데 경도되면 국경선을 넘는 일과 같다. 적당히 먹고 마시는 일에는 선한 일꾼을 양성하는 일과 같다.

좋은 성과를 얻으려면 한 걸음 한 걸음이 힘차고 충실하지 않으면 안 된다. –단테

133

신(神)은 공평을 주셨다.

신이 인간 각 개인마다 자신의 발전소를 주셨다. 그 발전소에서 행복도 불행도 스스로가 선택하는 것이다. 신은 모두에게 공평한 달란트를 주셨다. 사람이 무엇을 자가 발전하는 가는 부모, 선생, 사회가 선택하도록 유도해야만 된다.

행복은 습관이다, 그것을 몸에 지니라 -허버드

134

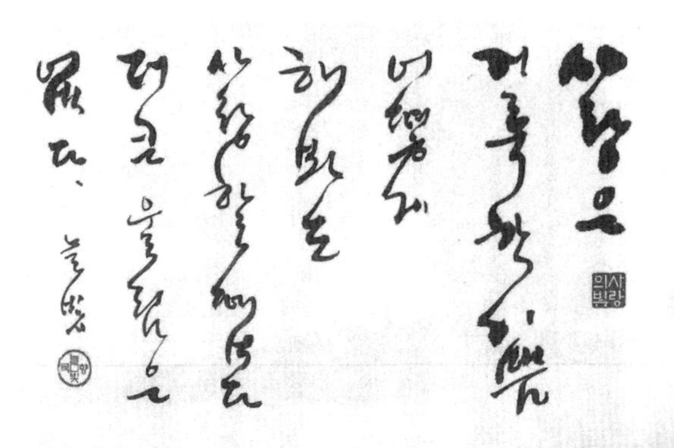

최후의 심판

세상은 만물들이 존재하는 곳이 구치소라고 생각하면 행복하다. 우리의 삶에 무슨 죄를 지었는가를 아직은 모른다. 최후의 판결선언이 나지 않았다. 지금부터라도 우리는 스스로를 돌아보면 누가 죄수인가를 짐작할 수가 있다.

성공의 비결은 단 한 가지, 잘할 수 있는 일에 광적으로 집중하는 것이다. – 톰 모나건

135

우리를 슬프게 하는 것들

품위를 지니려면 벽걸이에 값비싼 액세서리를 걸기보다는 책장 안에 소박한 장정의 시집이 훨씬 우아하다는 것을 아는 이가 적다. 그러므로 속빈 부자가 우리를 슬프게 한다.

자신감 있는 표정을 지으면 자신감이 생긴다 –찰스다윈

136

문화적 인테리어

책보다 소중한 문화적 인테리어는 없다. 그것이 인간의 영혼을 순화시킨 순은의 덩어리이기 때문이다.

평생 살 것처럼 꿈을 꾸어라.그리고 내일 죽을 것처럼 오늘을 살아라. - 제임스 딘

기부 속에는

기부는 강요하면 안된다. 스스로가 기부하는 곳에는 하나님과 천사도 좌정하여 바라보고 있다. 이는 무서운 비밀이다.

네 습관은 네 가치가 된다. 네 가치는 네 운명이 된다 - 간디

138

자주 국방력

국가 안보는 살상무기로도 지킨다지만 국민 의식에 잠재된 애국심이 그보다 더 위력이 있다.

1퍼센트의 가능성, 그것이 나의 길이다. -나폴레옹

139

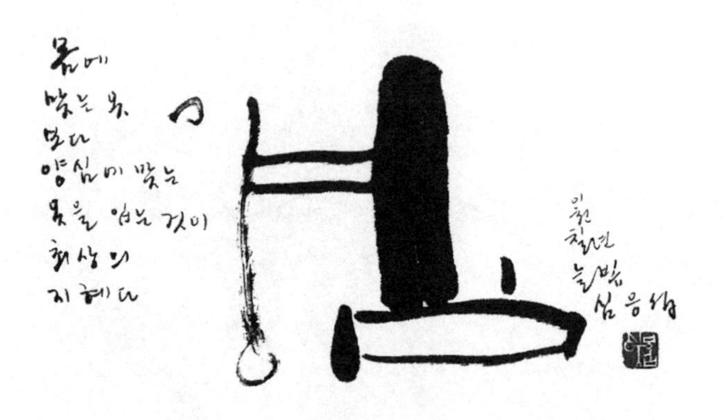

정의로운 유권자

집권자가 유권자를 사탕발림으로 속일 수는 있다. 그러나 속임수는 유권자의 가슴에는 절대로 들어갈 수가 없다. 물 위에 기름 같은게 집권자와 유권자이다.

고통이 남기고 간 뒤를 보라! 고난이 지나면 반드시 기쁨이 스며든다. – 괴테

140

권력의 마력

어느 후보자이든지 자신이 모든 걸 내려 놓고 비웠다는 정치인은 세상에 단 한 사람도 없다. 권력에 취해 거짓말을 하고 있기 때문이다.

꿈을 계속 간직하고 있으면 반드시 실현할 때가 온다. -괴테

141

그러니 다행이다.

좋은 나무는 본래부터 없다. 다만 그것을 어떤 환경, 어떤 거름을 주는가에 있다. 따라서 거기에 알맞은 수분을 공급하는가에 있다. 좋은 열매는 세상에 따로 없다. 그 열매는 다 그 역할과 기능이 따로 있다. 그러니 우리는 다행이다.

화려한 일을 추구하지 말라. 중요한 것은 스스로의 재능이며 자신의 행동에 쏟아 붓는 사랑의 정도이다. -머더 테레사

142

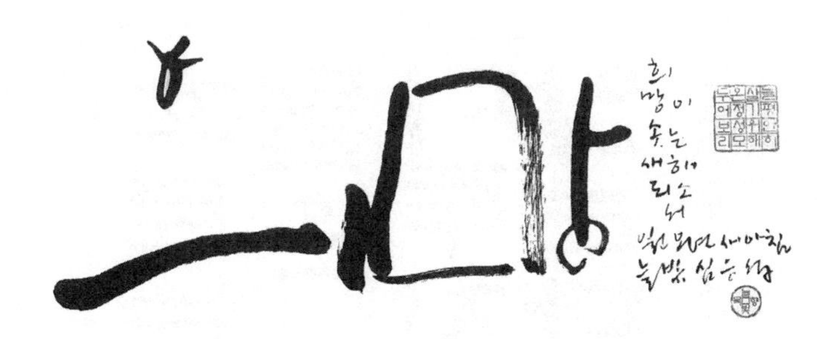

고향 떠나기

사람의 고향이란 그 곳에 심겨진 나무와 같다. 평생 고향을 잊을 수 없다. 그러나 고향을 떠나는 유동성 없이 성공한 기업은 없다. 쓸데없는 욕심을 버리듯 과감하게 고향을 버리는 자는 속박에서 해방된다. 그래야만 나도 살고 고향도 산다.

마음만을 가지고 있어서는 안된다. 반드시 실천하여야 한다. -이소룡

143

흐르는
물은
다투지
않는다

성자

테레사 수녀님을 성자라고 말한다. 그가 성자로 추앙받게 된 비밀은 겸손과 이웃사랑과 하나님을 두려워했기에 성자로 불려졌다. 추앙, 그것은 마력있는 평범 속의 비범(非凡)이다.

나이가 60이다 70이다 하는 것으로 그 사람이 늙었다 젊었다 할 수 없다. 늙고 젊은 것은 그 사람의 신념이 늙었느냐 젊었느냐 하는데 있다. – 맥아더

144

박수갈채의 허상

인생에 대중의 박수갈채를 기대하다 망한 인간들이 너무 많다. 박수를 바라지 말고 정심(正心)으로 꾸준히 이웃을 섬기게 되면 박수도 받고 존경도 받는다. 박수는 눈에 보이는 엄연한 허상이다. 여기에 속으면 안된다.

만약 우리가 할 수 있는 일을 모두 한다면 우리들은 우리 자신에 깜짝 놀랄 것이다. –에디슨

상(賞)이 성(城)이 되다.

상(賞)은 꿀과 같은 것이다. 수상자를 잘 선정하면 그대는 든든한 토성(土成)을 쌓은 것이다.

청춘은 인생에 단 한 번 밖에 오지 않는다. – 롱 펠로우

146

정상에도

정상에도 악마의 유혹은 있다. 그러니 유혹을 이기는 길은 오직 매일 성찰과 기도 밖에 없다.

눈물과 더불어 빵을 먹어 보지 않은 자는 인생의 참다운 맛을 모른다. – 괴테

147

탐욕을 이기는 길

탐욕을 이기는 길은 벽돌담장은 기어오르는 것보다 더 어렵다. 그래서 한경직 목사를 우리는 담장 위에 선 분으로 추앙한다.

진짜 문제는 사람들의 마음이다. 그것은 절대로 물리학이나 윤리학의 문제가 아니다. –아인슈타인

148

정상 정복인의 자세

정상 정복을 하지 못한 사람의 결점은 남의 말을 경청하려는 자세가 엿보이지 않는다. 그때부터 그는 더 이상은 정상에 오를 수가 없다.

해야 할 것을 하라. 모든 것은 타인의 행복을 위해서, 동시에 특히 나의 행복을 위해서이다. –톨스토이

149

제 2의 무능력자

타인의 의견과 아이디어를 칭찬하면서도 자신에게 적용하지 않는 사람은 제 2의 무능력자이다.

사람이 여행을 하는 것은 도착하기 위해서가 아니라 여행하기 위해서이다. -괴테

150

소외되는 인간

존경받고 칭찬받는 사람에게도 결점과 약점이 있다. 인간이 사람의 한계를 이해하지 못하면 뭇사람들로부터 그는 소외되기 마련이다.

화가 날 때는 100까지 세라. 최악일 때는 욕설을 퍼부어라. -마크 트웨인

151

화살 맞은 사람

타인을 저주하거나 비판하지 말라. 그리고 불평하지 말라. 그것이 자신을 향한 화살임을 명심하라.

돈이란 바닷물과도 같다. 그것은 마시면 마실수록 목이 말라진다. -쇼펜하우어

152

행복의 비결

연애 중에 교제는 환상적인 삶이다. 그러나 결혼은 실제 삶의 훈련장이다. 훈련은 늘 고되고 피곤하고 때로는 싫증나는 게 훈련이다. 결혼이 훈련이라는 사실을 아는 자만이 행복할 수 있다.

사막이 아름다운 것은 어딘가에 샘이 숨겨져 있기 때문이다 – 생떽쥐베리

153

명예를 지키는 일

명예는 두가지 기본이 되어 있어야 가질 수 있다. 첫째는 자기가 하는 일에 생명을 걸어야 된다. 그런 다음에는 겸손과 절제를 하되, 하는 일에 긍지를 가져야 한다.

곧 위에 비교하면 족하지 못하나,아래에 비교하면 남음이 있다. -명심보감

154

사람을 움직이는 동력

사람을 움직이는 것은 진실이고 정직이다. 이것을 채운 다음에는 신실이다.

당신이 할수 있다고 믿든 할수 없다고 믿든 믿는 대로 될것이다.– 헨리 포드

155

카네기의 말에 하나 더

강철왕 카네기는 열심을 가지면 큰일을 이룰 수가 있다고 했다. 지금 시대는 열심에도 실용과 진실이 담겨야만 이룰 수가 있다.

작은 기회로 부터 종종 위대한 업적이 시작된다 -데모스테네스

156

론스타 회장의 고백

론스타 빌러스 회사의 회장 로니 셀리는 성공의 요인을 다섯 가지로 정의했다. 진실이라는 것은 시대와 환경 속에서도 변함이 없다. 그의 요지를 살펴보자.

그러나 그의 이야기는 이미 이 책에 필자가 서술한 요지와 상통하고 있다. 진실과 진리는 평범하다. 열정과 동기부여, 야망과 추진력, 에너지가 있어야 한다.

인생이란 학교에는 불행 이란 훌륭한 스승이 있다. 그 스승 때문에 우리는 더욱 단련되는 것이다. -프리체

157

여성이란 무엇인가

여성을 안다는 것은 모른다는 말과 같다. 여성, 그는 서해안 갯벌속과 같다. 캐봐야만 무엇이 들어있는지를 안다. 그것을 캐다가 이미 어느덧 떠날 때가 된다.

세상은 고통으로 가득하지만 그것을 극복하는 사람들로도 가득하다 – 헨렌켈러

주인의 횡포

성공하는 간부나 직장인은 없다. 공과(功果)는 주인이 갖고 있기 때문이다.

도저히 손댈 수가 없는 곤란에 부딪혔다면 과감하게 그 속으로 뛰어들라. 그리하면 불가능하다고 생각했던 일이 가능해진다.

159

욕망일기

탐욕과 수염은 날마다 자란다. 수염을 밀 때 욕망도 함께 밀어야 남자로 존경받는 다고 한다.

용기있는 자로 살아라. 운이 따라주지 않는다면 용기 있는 가슴으로 불행에 맞서라. -키케로

160

산은 왜 찾는가

인간이 바다와 산을 찾는 것은 바다와 산을 모르기 때문에 찾는다. 그러나 산과 바다는 모든 것을 품는다.

최고에 도달하려면 최저에서 시작하라. –시루스

이스라엘과 창조경제

-안되면 되게하라-

지진이 오는 기미를 알면 쥐와 더불어 짐승들의 거동이 수선스럽다. 그러나 동물이라는 한계를 피하는 게 살길이다. 그러나 우리 인간에게는 재난을 사전에 예방하고 대처하는 지혜가 있다. 인간이 변화와 혁신의 조짐에 민감하게 대처해서 오늘에 이르렀다. 미국도, 유럽도 마찬가지이다. 사전에 대처하는 데에는 우수한 두뇌와 벤치마킹이다. 이스라엘이 좋은 사례이다.

이스라엘은 1948년에 독립했다. 국토가 남한 면적의 1/5에 불과한 땅덩이다. 세계 인구 0.1%에 지나지 않는다. 하지만 유럽 전체 보다도 많은 창업 회사 즉 벤처 기업이 태어나고 있다. 이러한 환경이 미국 나스닥 시장에서 미국을 제외한 세계 상장기업 40%를 차지한다고 한다.

미래과학부 윤종록 차관이 밝힌 바에 따르면 우리나라의 서울대학교 절반밖에 안되는 히브리대학에서만 1년에 특허료를 수천억을 벌어들이고 있다고 밝혔다. 이스라엘의 기초과학 연구소인 바이츠만 연구소의 특허를 이용하여 사업을 하는 기업 로열티가 1년간 우리 화폐로 200조 원에 이른다한다.

이는 샘솟는 창업, 거품이 없는 창업 경제를 바탕으로 2008년 세계 경제 위기 이후 단 한 개의 은행도 문을 닫지 않는 유일한 나라이다.

내 비장의 무기는 아직 손안에 있다. 그것은 희망이다 – 나폴레옹

162

보한재의 명령

보한재 신숙주는 자녀들에게 귀한 교훈을 그의 문집에서 가훈으로 적시하고 그것을 실천하도록 명령했다. 문자 그대로 물기성만(物忌盛滿)이다. '사물이 가득차면 넘침으로 이를 꺼린다' 좋은 가르침이다.

세세손손 집안이 누린 복이 화가 되는 일이 없도록 하라는 당부했다. 한 시대의 영웅 호걸되거나 허례쉬인 것에 미혹되지 말라는 교훈이다. 그의 가훈 여섯가지 소제목이 다음과 같다.

조심 · 근신 · 근학 · 거관(居官) · 교녀 이 짧은 교훈은 오늘을 사는 우리에게 커다란 울림이다. 집현전 좌부승지, 직제학 등

관직을 두루 거쳐 도승지, 대제학 이후 병조, 예조, 대사성 요직을 두루 거친 분이다.

문제는 목적지에 얼마나 빨리 가느내가 아니라 그 목적지가 어디냐는 것이다. -메이벨 뉴컴버

163

면앙정 송순의 질책과 경고

송순은 조선시대 학자이다. 호가 기촌, 또는 면앙정이다. 1519년 별시 문과에 을과로 급제해 여러 관직을 거친 분이다. 나라에 거듭된 천재지변으로 인심이 흉흉하여 극에 달하자 아들이 친구들과 어울려 술자리를 놀았다는 말을 듣고 잘못된 행실을 나무라면서 쓴 교훈이다.

너희가 행실을 바르게 고치지 않으면 지하에서 잠든 네 어미 무슨 낯으로 만나겠느냐? 는 것이다. 면앙정은 가문이 나라의 은택을 입어 왕의 교화를 받으므로 살았다. 비록 사는 곳이 초야와 산맥 사이에 있지만 마땅히 세상 잘못 돌아감을 근심, 걱정하고 해

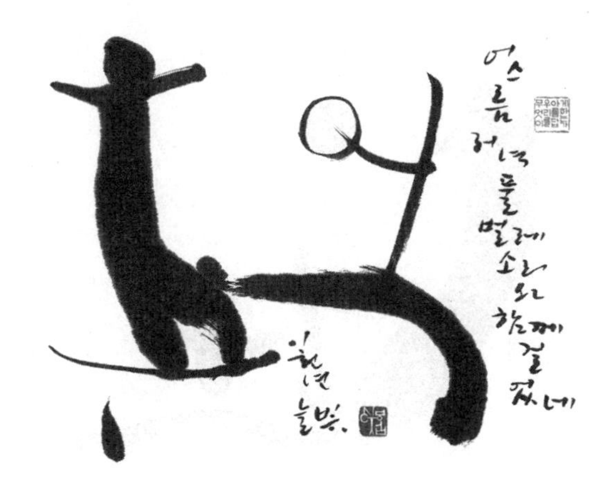

야하는데 함부로 여자와 노래하면서 춤출 수가 있느냐는 경책이 다. 산사람은 비난하고 저승의 귀신은 나무랄 것이니 부끄럽고 부끄럽다고 한탄했다.

한 번 실패와 영원한 실패를 혼동하지 마라. -스콧 핏제랄드

164

내가 유서를 남기노니

사류재 이정암은 조선 중기의 문신이다. 사마시에 합격하고 1561년 문과에 급제, 여러 관직을 거쳐 황해도 관찰사 겸 순찰사를 역임했다. 그는 자신의 사후에 자식에게 유서로 남겼다.

사람의 부귀 빈천은 하늘에서 부여받은 법이라. 그 사이에 어찌해 볼 수가 없다. 내가 너희들을 위해 산업을 일구지 않은 것은 이 때문이다. 「시경」에 - 높은 산을 우러르며 큰길을 간다. 고

했다. 이는 지성스런 마음으로 조상을 숭상하고, 매사에 너희들은 삼갈지어다. 라고 했다.

인간의 삶 전체는 단지 한 순간에 불과하다. 인생을 즐기자 – 플루타르코스

자동선, 비록 기생이지만

– 소첩이라 하여도 정절을…

조선시대 개성에 송도 태생 자동선이란 기생이 있었다. 황진이보다 70년 앞서 태어난 그녀는 조선을 통틀어 가장 빼어난 미인이었다. 중국 사신이 그녀를 보곤 침이 마르도록 '경국지색'이라고 했다고 전했다. 그녀는 청교역 자하동에 살았다고 자동선이라 일컬었다.

"조선국은 산수도 수려하지만 여인들의 용모는 더 한층 아름답구나"

"대인께서 처음 오셔서 아직은 우리 나라 실정을 잘 모르실 것이옵니다. 산수나 여인들의 용모보다 더 한층 아름다운 것이 있습니다."

"그게 뭔데?"

"그것은 여자들의 마음씨옵니다. 남편에게 절개를 지킬 줄 알고, 부모에게 효도할 줄 알고, 나라에 충성할줄 아는 여인들의 비단결 같은 마음씨옵니다." "오오 조선국은 동방예의지국이라더니 과연 삼강 오륜이 뚜렷한 나라로군."

"그러니 국력이 빈약한 나라이니 이번 기회에 대인께서 많이 도와주소서."

"너같이 아름다운 여인의 부탁을 내 어찌 들어주지 않겠는

가. 그건 그렇고 너한테 좋은 패물을 주려고 가지고 왔느니라."

엉큼한 수작으로 나오기 시작했다. 커다란 비취 한쌍을 옷고름 곁고리 앞가슴에 달아주며 슬쩍 유방까지 더듬었으니 집에서 눈이 빠지도록 기다릴 종친 영천군의 모습이 떠올랐다. 과연 크고 영롱한 비취라서 탐이 나지 않는 것은 아니었다. 그러나 그녀는 정중하게 거절했다.

"세상 만물이 유물객주라고 주인이 따로 있습니다."

"네가 주인이 아니면 누가 주인이냐?"

"비취는 비취에게 주시는 게 옳을 것 같사옵니다. 이 자리에 10여 명 미인 중에 비취가 있으니..."

비취를 데려오자 보름달 같은 그녀의 용모에 하오하오 하면서 정념을 불태웠다고 전해진다.

이리하여 자동선은 빠져나왔다는 서거정의 동인시화에 기록되어 있다. 자동선, 그녀는 비록 기녀였지만 추위에 지조를 팔지 않는 매화향기처럼 우리의 마음을 다지게 했던 이야기이다.

겨울이 오면 봄이 멀지 않으리 -셸리

166

명심보감의 절창 한 문장

'명심보감' 동아시아 지역에서는 아마도 성서와 불경 다음으로 많이 읽힌 책이다. 그 책에 천명(天命)편에서 절창 한 문장을 뽑았다. -종과득과(種瓜得瓜)하고 종두득두(種豆得豆)니- 라는 문장의 한 구절을 옮겨보았다. 이는 오이 씨앗을 심으면 오이를 얻게 되고, 콩씨를 심으면 콩을 얻는다는 말이다.

우리 속담에도 콩 심은데 콩나고, 팥 심은데 팥난다는 말이 있다. 이 말은 의역하여 보면 이러한 인과응보는 결국 하늘의 섭리이면서 진리이다. 우리는 늘 세상의 하찮은 풀꽃 하나라도 그것이 그냥 나고 꽃을 피우는 것이라는 뜻이다. 이 깊이 있는 언어를

통하여 우리는 작은 미물 하나에도 생명의 소중함과 그 인연을 깊이 새겨야할 것이다.

명심보감의 천명 편은 유가(儒家思想)에서 비롯된 권선징악의 도덕률을 보여주는 글이다. 이 유가의 천명사상은 공자의 말씀 – 하늘의 뜻에 살면 된다는 천도사상이다.

일하여 얻으라. 그러면 운명의 바퀴를 붙들어 잡은 것이다. –랄프 왈도 에머슨

167

분노와 욕심 다루기

중국 송나라 때 주자와 그의 제자인 여조겸이 함께 지은 – 懲忿을 여구하고 窒慾을 如防水할지니라– 라고 밝히고 있다. 마음에 분노를 일어나면 그 분노를 불을 끄듯이 하고, 욕망을 누르기를 물을 막듯이 하라는 경고이다. 세상 살아감에 인간 관계에 분노와 역정을 내어 관계를 망치는 경우가 너무나 많다.

이런 때 한 발자국 뒤를 돌아보면 이성을 잃지 않는다는 경책이다. 욕망과 분노, 그것은 나 자신을 파멸로 이끄는 형구를 불러

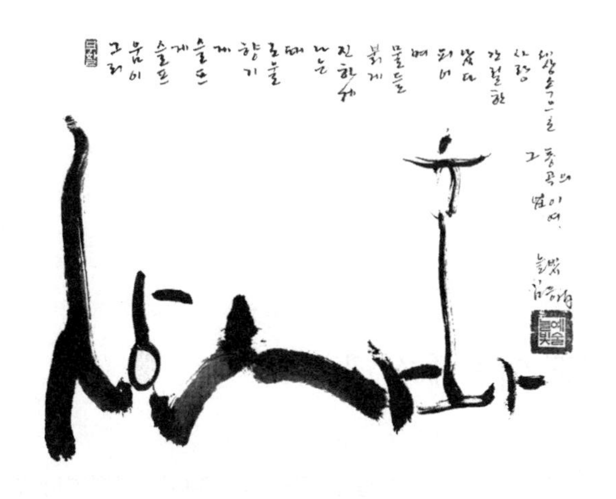

오는 것과 같은 어리석음이다. 그러니 분노와 욕망을 절제하는데 인간으로서 다시 한번 소설가 오영수의 말을 인용해 본다. – 분노 그 뒤에는 검은 그림자가 창과 칼을 들고 있다……

당신의 행복은 무엇이 당신의 영혼을 노래하게 하는가에 따라 결정된다. – 낸시 설리번

168

당신도 이렇게 살래?

사람이 슬프다고 눈물을 짜는게 아니다. 기쁘거나 감격하여도 눈물을 흘린다. 그리고 행복한 마음이나 감사한 마음이 들면 사람은 울게 되어 있다. 생애에 감사해서 우는 일은 매일 울어도 된다. 우리나라에서 자신이 하는 일에 긍지와 보람을 가지면서 친구와 술잔을 나누면서 우는 시인이 있었다.

그가 대전의 시인 박용래이다. 지금은 저 세상에 가셨지만 그는 아마도 하나님 곁에 계실 것 같다. 그는 순수하고 맑고 깨끗한 삶을 살았다. 세상 사람들은 그를 '울보'시인으로 말하기도 했다. 이 박용래 시인을 가리켜 작고 소설가 이문구씨가 인물평을 다음과 같이 서술하였다.

시인 박용래, 그는 풀꽃을 사랑하여 풀잎처럼 가벼운 옷을 입었고, 그는 그보다도 술을 더 사랑하여 해거름녘의 두 줄기 눈물을

석잔 술의 안주로 삼고 있다. 그는 그림을 사랑하여 밥상의 푸성귀를 그날치의 꿈이 그려진 수채화로 알았고 그는 그보다 시를 사랑하여 나날의 생활을 시편의 행간에 마련해 두고 살았다.

그는 나물밥 30년에 구차함을 느끼지 않았고, 곁두리 30년 탁배기에도 아쉬움을 말하지 않았다. 달팽이 집이라도 머리만 디밀 수 있으면 뜨락에 풀포기를 길렀고, 저문 황토길 오십리에도 달빛에 별밭이 어리면 뒷덜미에 내리던 이슬조차도 눈물겹도록 고마워하였다.

자신이 해야 할 일을 결정하는 사람은 세상에서 단 한 사람, 오직 나 자신뿐이다. –오손 웰스

169

네가지 덕으로 기둥을 삼으리

–최석정이 아들에게–

명곡 최석정이 아들에게 준 교훈 네가지는 비록 시대는 다르지만 오늘을 사는 우리에게 주는 가르침의 의미가 깊다. 그는 조선 후기 문신이다. 지천 최명길의 손자로 우의정, 좌의정, 홍문관 대제학을 겸했다. 소론의 영수로 여덟 번의 영의정을 지냈고 양명학을 발전시키는 역할을 했다. 아울러 전장제로(典章制度)의 정리에 노력을 경주했다.

–경계한다. 교만하지 말 것. 교만함은 구렁텅이에 빠진다. 그러지 않으려면 겸손의 실행이다.

–게으르지 말라. 게으르면 직분을 망치게 된다. 게으름은 없애기 위해서는 삼가 부지런하면 된다.

–성글게 하지 말라. 성글면 매사가 새게 마련이다. 성근을 다스리는 데에는 소상하게 좌고우면하면 된다.

–경박하게 굴지 말라. 기운이 솟구치면 경하게 된다. 이를 다스리는 데에는 적요속에 잠기면 된다.

이를 요약하면 겸손은 덕의 근본이고 근면함은 일의 주제이다. 꼼꼼함의 실수를 제어한다. 적요는 마음의 본체이다. 군자는 겸손으로 덕을 세운다. 부지런하면 입에 거미줄 치지 않는다는 속담도 있다. 그러니 네가지 덕을 행한 후에 천명에 따라야한다. 을해년(1695년)겨울. 존소자가 쓰노라

인생을 다시 산다면 다음번에는 더 많은 실수를 저지르리라 – 나딘 스테어

170

소금장사 염씨의 지혜

우리나라 개화기에 강화 염씨가 열 살에 시집을 오면서 금가락지 하나를 어머니로부터 지니고 있던 금가락지 하나를 받게 되었다. 그녀는 가난한 신랑과 살아갈 길이 막막했다. 듣자하니 신랑은 몰락한 가문의 건달에 지나지 않았다. 첫날밤이 지나고 정확히 사흘 째 되는 날 남편에게 불러 사부랑사부랑 말했다.

"아니 무슨 일이 생겼나요?"

"쉿 내 베개 속에 친정 어머님이 주신 가락지 하나가 숨겨 있는데 이걸 나가서 팔아 갖고 오시오..."

"그걸 지금?"

"쉿! 누가 들으면 안되오. 비밀이요..."

"어디에 쓰려구?"

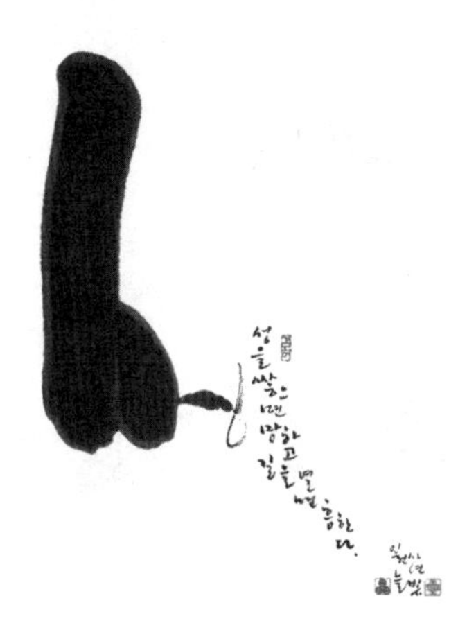

“지금 흉년이 들어 사람들이 김장을 하려도 소금 살 돈이 없으니 김포 염하에 가서 도매금으로 돈 액수대로 외상을 놓으시오. 외상 거래를 만들면 농사 후에 이자를 쳐서 받으면 그게 단골이 될 게요. 그럼 우리 살림살이도…”

건달 신랑은 이 여인의 지혜대로 소금장사를 하여 많은 재화를 벌어 독립운동자금 뒷돈을 대하고 후에 불우자녀 장학금을 쾌척하였다고 전한다.

인생에서 원하는 것을 얻기 위한 첫번째 단계는 내가 무엇을 원하는지 결정하는 것이다 —벤스타인

171

신분세탁에는 친구와 더불어

이덕무의 호는 아정, 혹은 청장관으로 불려졌다. 그는 출신 성분이 낮고 처한 환경이 열악했다. 세상말로 흙수저, 그러므로 자연 고난을 겪게 되었지만 꿈의 사다리를 오른 사람이다. 그는 자신이 처한 환경에 대한 절망이나 실의를 가지지 않았다. 좋은 친구를 사귀는 일과 더불어 책을 가까이 했다. 영조에서 정조 때에 사근도 찰방 규장각 검서관, 적성 현감을 지냈다.

그에게는 실학파 박제가, 유득공, 이서구 등 북학파 친구들과 어울려 토론하고 책을 읽었다. 마침내 중국 사신으로 다녀올 기회도 있었다. 당시로서는 지체가 낮고 출신 성분이 서얼이었던 그는 물론 직관력도 있었지만 좋은 벗과 교류, 그리고 책으로 인하여 자기 삶에 혁명을 가져온 선각자이다.

이덕무가 세상을 뜨자 정조께서 특명의 교지를 내려 마침내 "아정 유고" 청장관 전서 71권 33책의 훌륭한 책이 출간되었다. 스마트폰, 그것이 모든 것을 대체할 수는 없다.

문제점을 찾지 말고 해결책을 찾으라 - 헨리포드

172

어허 거기에도

「목민심서」는 다산께서 쓴 공직자의 윤리 헌장이다. 이를 명심하면 교도소나 구치소에 전혀 갈 일도 없고 탄핵을 받을 일도 없다. 그런가하면 조선 후기에 부보상들은 '채장'이란 증명서를 지니고 다녔다. 일테면 오늘날의 사원증이나 공무원, 운전면허증 신분증이었을 것이다.

그 신분증 앞면에 소속 임방과 이름이 기재되어 있다. 뒷면에는 4가지 계명이 적혀 있다. 그러니까 상인으로서 지켜야 할 계명인 동시에 윤리 헌장이다.

위로는 공무원에서부터 상인에 이르기까지 조선시대에는 금기사항과 권장사항이 엄정하게 존재하는 시대였다. 오늘의 시전

상인과 공직자들이 새겨야 할 것 같아 소개한다.

1. 헛된 말을 하지 말라. (勿妄言)

1. 패륜 행동을 절대하지 말라. (勿悖行)

1, 도적질을 절대 하지말라. (勿盜行)

이는 조선시대의 금과 옥조였지만 세계적으로 아름다운 헌장으로 유통산업계에서 백미라고 전한다.

되찾을 수 없는게 세월이니 시시한 일에 시간을 낭비하지 말고 순간 순간을 후회 없이 잘 살아야 한다. –루소

173

정수스님의 행위가..

신라 애장왕 때 일이다. 황룡사에 정수(正秀)라는 스님이 인근 절집에 다녀오는 길이었다. 엄동설한에 여자 걸인이 길가에서 아기를 낳는 모습을 보았다. 산모를 방치하면 아기가 곧 얼어 죽을 것 같았다.

정수는 입고 있던 옷을 벗어 아기와 어미를 감싸주고 알몸인 채 절간으로 향했다. 그러나 알몸으로 절간에 들어서는게 마음에 걸렸다.

마침 길가에 눈에 뜨이는 볏짚 속에 들어가 밤을 지냈다. 이런

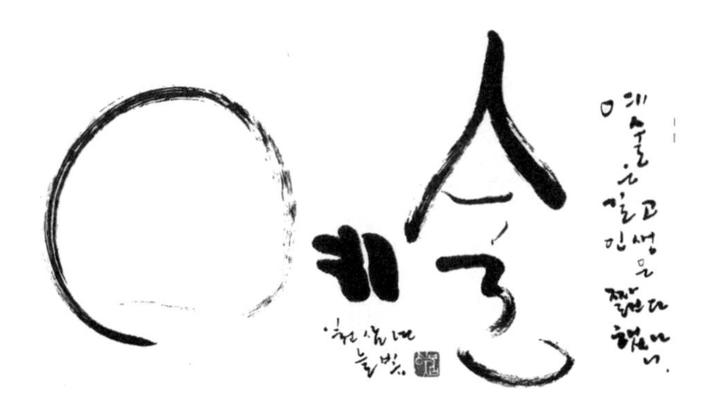

사실이 알려져 정수 스님은 신라의 국사로 책봉되었다고 전한다.

인(仁) 이란, 평소에 제대로 행동하는 것 – 맹자

174

국선이 왕이 된 사연

신라 제 48대 경문왕은 화랑도였다. 그 직책은 화랑도 우두머리 국선이다. 헌안 왕이 국선 음렴이 국토 순례를 마치고 귀청 보고를 받았다.

국선이 여행기간 순례기간 보고 느낀 바가 무엇인가?

첫째 높은 지위에 있지만 겸손한 사람을 보았습니다.

둘째 부자이면서도 검소하게 사는 사람을 발견했습니다.

셋째 권세를 가지고 있으나 위엄을 드러내지 않는 벼슬 아치를 보았습니다.

왕이 국선의 사람을 보는 안목에 그를 사위로 삼아 경문왕이

되었다고 전해왔다.

이는 인간이 겸손과 검소, 위엄이 있어야만 리더가 될 수 있다는 말이다.

당당함은 삼가 근심하고 반추하는데에서 온다 – 맹자

175

남들 스님

신라 성덕왕 때 구사군 백월산이 있었습니다. 지금의 창원 선전촌이란 곳입니다. 이곳에 가족과 고향을 떠난 도반 둘이 각기 남쪽과 북쪽에 각각 암자를 짓고 수도 정진을 했답니다.

남쪽 암자에는 남들, 북쪽 암자는 북들이란 스님입니다. 어느날 초저녁 무렵인데 산속에서 길을 잃은 젊은 한 여인이 나타났습니다.

불빛이 아롱대는 북들 암자에 찾아가 딱한 처지를 말하고 하룻밤 재워줄 것을 요청했습니다.

- 안됩니다. 나는 수도승이올시다.

여인은 남쪽 암자의 불빛을 발견하고 그리로 갔습니다.

-허허 사정이 그러하다면...중생인을 돌봄이 보살도에 맞을

것 같구려…

남들이 그 여인을 암자안으로 들어와 자게 했습니다. 그리고 자신은 마음은 맑게 염불을 계속했다.

밤이 깊자 갑자기 아기를 낳았습니다. 남들은 여인의 산파가 되었습니다. 목욕 물도 데워주고 보들 짚을 깔아 주었습니다. 이 두 사람중 하나가 미륵불이 되었을까요?

지키고 싶다면 철조망을 세우지 말고 자신을 채워라 – 맹자

176

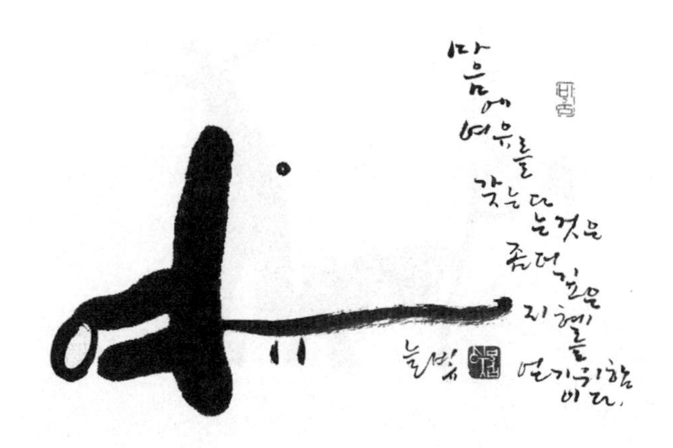

김소월이 국민시인이 된 까닭

국민시인 김소월이 그렇게 유명한 이유는 여러가지 논점이 있다.

그 가운데 아주 중요한 것이 3.4조 민요조의 흐름에 반복법을 적용하였다는 기교가 정설이다. 국민적 애송시가 그냥 이루어진 것이 아니다.

독일의 히틀러는 다섯번의 웅변, 연설로써 성공 했다고 한다. 한번 말하면 들은척도 하지 않는다고 했다.

두번 말하면 나를 돌아본다고 했고, 세번 말하면 비웃고 네번

째 말에는 관심을 가지며, 귀를 기울이고 다섯번 거듭 말하면 열광하더라고 했다. 반복과 율조가 숨겨진 비밀의 키워드였다.

자신에게만 너그러울때 사람은 괴물이 된다 – 맹자

파멸하지 않으려면

유태인에게는 탈무드나 미즈라쉬라는 국민계몽 필독서가 있다. 영국에도 섹스피어의 저작집이 국민의 가슴속에 따뜻하고 지엄한 교훈을 주는 문학이 있다.

독일의 괴테나 실러와 같은 문인이 영원히 존재한다.그리고 러시아에는 톨스토이나 푸쉬긴이란 국민작가가 백성들의 가슴속에 흐르고 있다.

우리에게는 윤동주나 정지용, 그리고 김소월이 있다. 훌륭한

문인이 가슴속에 전래되는 국가는 파멸하지 않는다. 그것이 곳 등대이기 때문이다.

성찰이 없는 삶은 괴물로 가는 길이다 – 저자

178

중심에 서는 길

돈에 취하지 않고 유혹에 취하지 않으면 절반은 성공한다. 그러나 명예에 취하지 않으면 중심이 섰다고 할 수가 있다.

마음과 마음을 잇는데에는 적당한 양보가 성립되어야 한다. 강물 위라도 걷는다면 철을 잇기 전에 먼저 마음을 이어라.

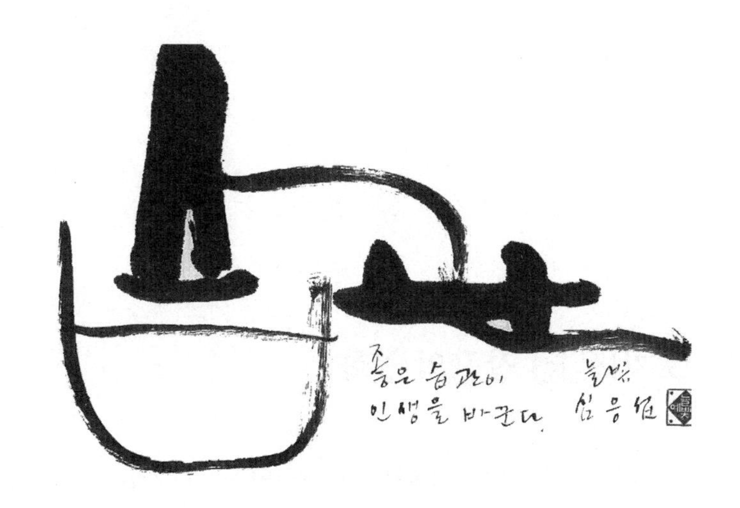

내공을 잃어버린 자아를 찾는 길이다 – 저자

오기(吳起) 장군의 일화

사마천의 〈사기〉 기록된 오기 열전에 나오는 가슴 뜨거운 일화가 있습니다.

오기는 장군으로서의 파격적인 행동으로 휘하 사졸들과 동거동락 했습니다. 사졸들과 같은 의복, 침구, 먹거리도 똑같이 했습니다. 잠자리에서도 사졸들과 같이 부드러운 부들 깔개를 깔지 않은 장군이 있었습니다. 또한 자신이 먹을 식량도 손수 지참했고 수레나 말도 타지 않았습니다.

그런데 사졸 가운데 허벅지에 악종을 앓는 것을 발견하고 고름을 입으로 빨았답니다. 효험이 있어 완치 되었다는 기별을 받은 사졸의 어머니가 이 전갈을 듣고 통곡했다고 했습니다. 영문을 모

르는 마을 사람들이 왜 우느냐고 물었습니다.

아들의 목숨을 구해주었으니 아들도 오장군을 위해서 앞장서게 되었으니 어찌 울지 않겠습니까…

맞습니다. 오른 사람이 있으면 가는 사람도 있다는 어머니의 울음이 가슴을 칩니다.

멈추지 않으면 얼마나 천천히 가는지는 문제가 아니다 – 공자

180

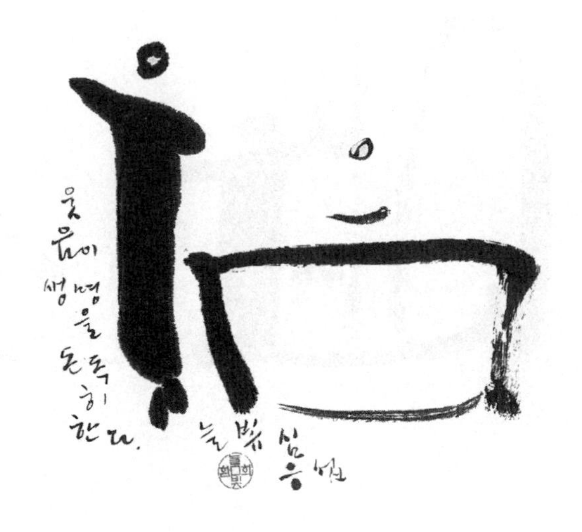

목이 마르세요?

당신의 마음속에 있는 샘물을 두레박으로 퍼 올리세요. 인간은 생래적으로 샘물을 지니고 태어났습니다. 샘물을 끌어 올리면 갈증을 해결할 수가 있습니다.

마시고 남은 샘물을 이웃을 향해 뿌리면 푸른 초원이 만들어집니다. 그것이 우리가 사는 세상의 이치입니다.

갈증을 해결하고 싶으면 내 안에 샘물을 퍼올리십시오.

그러다 보면 행복도 딸려 나옵니다. 그것은 주님이 주시는 은혜입니다.

실수를 부끄러워하지 말라, 실수를 부끄러워하면 그것이 죄가 되느니라 – 공자

181

서정주나 윤동주가 되고 싶다면

내가 서정주나 윤동주의 싯구절을 만들어 낼 재주를 타고났더라도 그 안에 영성이 없는 마음으로 빗어졌다면 좋은 시인이 될 수 없습니다.

영성은 남을 부드럽게 하고 자아를 낮추게 하는 일이며 감정을 자제하는 브레이크 같은 역할을 합니다.

영성없는 기도가 무익하듯 겸손과 온유가 깃든 시어는 뇌리에 남아 있지 않습니다. 영성은 나와 당신을 그리고 이웃과 조국과

민족을 키우는 샘물입니다. 영성이 깃든 언어는 지구를 새파랗게 하는 특질을 지니고 있습니다.

지나침은 모자람만 못하다 – 공자